秘め事おたつ三

# 青葉雨

藤 原 緋 沙 子

幻冬舎時代小説文庫

# 青葉雨

秘め事おたつ 三

目次

青葉雨 7
泣き虫清吉 149

# 青葉雨

# 一

東の空が朝焼けに染まっている。

次第に明けて来る如月《きさらぎ》の陽を受けて、青茶婆のおたつは飼い犬のトキを連れ、両国橋を東袂《ひがしたもと》からゆっくりと渡って帰って来る。

青茶婆とは、一日貸しの高利貸し。今日の朝貸したら、明朝、烏《からす》が「カア！」と鳴く頃には返金してもらうのが決まり。

これを烏金《からすがね》ともいうのだが、手軽に金を借りられるとあって、質草《しちぐさ》など持ちあわせてない低下層の住民には助け舟となっている。ただし、一方で容赦《ようしゃ》のない取り立てをするというのも青茶婆の姿である。

また烏金の利子の相場は、百文につき二分か三分、おたつは三分とっているが、自分が住んでいる長屋の者には一分返してやっている。

いずれにしても高利貸しには変わりがなく、青茶婆は世間では血も涙もない者だと評されているのも確かだ。

ところがおたつは、そんな風評などまったく気にしていない。飄々淡々《ひょうひょうたんたん》として我が道を行く姿には、どこか突き抜けた感がある。

しかも齢《よわい》六十を過ぎた老女である。そのおたつが、まっすぐに背を伸ばして歩く姿勢や、乱れ毛のひとつもなく結い上げた髪、色艶《いろつや》の良い顔色などを見る限り、とても世間で言う隠居老人の年頃には見えないのだ。

それもその筈、おたつは五年前まで花岡藩江戸上屋敷で奥の女たちを取り締まっていた多津《たづ》という女である。

何人もの奥女中を従えて、豪奢《ごうしゃ》な打ち掛けを捌《さば》いて歩き、厳しい目で奥を統率していた人だ。

そのおたつが野に下り、青茶婆として暮らすのには訳があった。

人にも言えぬ大事な使命を帯びていたのだ。おたつはなにがなんでもその使命を果たさなければならないのだった。

そのためには健康維持が第一と気づいたおたつは、三ヶ月前から、しらじらと夜が明け始めると、飼い犬トキを連れて散歩をするようになった。

その道筋は、まず米沢町の長屋を出て両国橋を渡って東袂に下り、そこからその日の気分で辺りを散歩し、また両国橋を渡って帰って来る。

早朝の川風に当たるのも、また川の流れの涼やかな音を聞くのも格別で、おたつの心を清々《すがすが》しいものにしてくれている。

――よし、今日も元気で頑張るぞ――

と心を引き締めてくれるのも散歩の成果だった。

お陰で近頃は足腰がぐっと強くなったと思える。

出来ればもう少し散歩の足をのばしたいと思う時もあるのだが、長屋の戸口で烏金を借りに来て待っている人たちのことを考えれば、そこそこに切り上げねばならない。

それでもつい調子に乗って遠出をしようとでもすると、トキが立ち止まって空を見上げ、

「わぉ～ん！」

と鳴き、早く長屋に帰ろうと促してくれるのだった。

ただおたつは、近頃気になることがひとつあった。

おたつが両国橋東詰《ひがしづめ》から橋を渡って帰って来る頃に、西詰の方から橋を渡って来

る親子連れによく会うのだ。

父親は五十前後だと思われるが、厳《いか》つい顔をした男で、いかにも気むずかしそうに見える。ただ足が不自由で一人では歩けないらしく、二十歳過ぎの娘に手を引かれての散歩である。

娘の方はというと、色白で目鼻立ちの整ったなかなかの美人である。

しかもおたつと橋の上などで会った時には、微笑《ほほえ》みを見せて会釈をしてくれる感じの良い娘だ。

これが本当の親子だろうかと疑うような取り合わせだが、近頃では珍しい親孝行娘であることは間違いなく、おたつは好感をもった。

散歩は早朝で人に会う機会も少ないのだが、この二人の様子を見た人は、誰でも心にあたたかい灯《とも》が点る、そんな親子の姿だった。

二度、三度と、おたつは橋の上で二人に会ううちに、親子に出会うのも散歩のひとつの楽しみになっていた。

ところが、ここ数日、その親子の姿が見えなかったのだ。

時間を違《たが》えて散歩をしているのならば良いが、父親が足を引きずるようにして歩いていたのを考えると、何かあったのではないか……などと、おたつは心配しているのだった。

「トキや、そこで一服させてもらうよ」

おたつは柴犬に声を掛けると、橋の袂の石の上に腰を下ろした。そして袖《そで》に落としていた煙草《タバコ》入れを取り出すと、煙管《キセル》に煙草を詰め、火を点けて、ふかし始めた。

一服、そしてもう一服、親子に会えなかったことで生じたうつろな気分を、おたつは煙草の煙と一緒に吐き出していた。

さあ帰るか……と大きく息をついて煙草を仕舞ったおたつが、立ち上がろうとしたその時、あの親子が、ゆっくりと両国橋に向かって歩いて来るのが見えた。

おたつは、その姿を見て、ほっとして立ち上がった。

親子は、ゆるゆると歩いておたつの近くまで歩いて来た。

微笑んで見ているおたつに、娘は通りすぎがてら笑みを浮かべて会釈した。

おたつも会釈を返すと、トキの体に掛けている紐《ひも》を引いて長屋に向かって歩き始めた。

だが、三間ほど歩いたその時だった。

「あっ、おとっつぁん！」

娘の悲鳴が聞こえた。

振り返ると、父親が橋の袂で倒れていて、娘が抱き起こしている。

おたつは、トキと一緒に走り寄った。

「どうしました……」

トキの紐を手放して、おたつは父親を抱き起こす娘に力を貸した。

「近頃足腰が弱っていて、今そこの石ころに蹴躓《けっまず》きまして……」

娘は、ちらと転がっていた石ころをうらめし気《げ》に見た。

父親は膝を怪我したのか、股引《ももひき》のスネの辺りに血がべっとりと滲《にじ》み出て来ている。

「たいへんだ、家はどこだい？」

おたつは訊《き》いた。

「馬喰町《ばくろちょう》の二丁目にある『ぼたん』という居酒屋です」

「そうか……馬喰町の二丁目か。その足で歩くのは無理だろうね……ちょっと待っていなさい」

おたつは、米沢町の駕籠屋《かごや》に駆け込むと、町駕籠を引き連れて二人のところに戻って来た。

「さあ、これに乗ってお帰り。駕籠賃は払っておきましたから」

おたつは早口で伝えると、娘と二人して父親を町駕籠に押し込んだ。

「ありがとうございます。恩に着ます。どうかお名前をお聞かせ下さいませ」

手を合わせるように尋ねる娘に、

「そんなことはいいから、早く帰って手当てをしてあげなさい」

おたつは強い口調で言い、駕籠屋を促し、親子を急《せ》かして見送った。

「わ、おう〜ん！」

トキが鳴いた。

はっと気づいてトキを見ると、あれからずっとお座りをして、親子とおたつの様子を見守っていたようだ。トキの体には紐がついてはいるが、その紐をどこかに繋《つな》いでいた訳ではないから、逃げ出そうと思えば逃げ出せた筈だ。

だかトキは、状況を理解して、そこにずっと座っていたようだ。

「分かった分かった、トキ、帰ろう。もう時間だね」

おたつは、トキの頭を撫《な》で、ふっと親子の姿を目で追った。駕籠ははるか向こうの角を曲がって行くところだった。

「おたつさん、早く頼むよ」

米沢町の稲荷《いなり》長屋に戻ると、弥之助《やのすけ》他数人が今か今かとおたつの帰って来るのを待っていた。

「ごめんごめん、ちょっと事情が出来ちまったもんで」

おたつは家の中に飛び込むと、帳面を手にして弥之助たちを招き入れた。

一番先に入って来たのは、あんま稼業の徳三《とくぞう》だった。

「すまねえ、おたつさん一分金一枚、貸してもらいてえ」

徳三は、目をしょぼしょぼさせて手を合わせた。

「何に使うんだね、大金だよ」

おたつは厳しい顔で訊く。おおかた女郎宿にでも行くのだろうと思っている。

「いや、近頃お客が少なくてね」

徳三は口ごもって言った。だがすぐに、切り返される。

「嘘だね、悪所に行く金だろ。そんなところに行く金は貸せないね」

ぴしゃりと断る。

「おたつさん……」

泣きそうになる徳三に、

「男が女を恋しくなるのは分からない訳じゃあないけど、借金をしてまで通うことかね。しっかり働いて銭を貯《た》めて行くんだね」

おたつは、帰れと手を振った。

「待っておくれよ、分かったよ。じゃあ今日の飯代ぐらいだったらいいだろ、せめて三百文」

徳三は手をすり合わせる。

「しょうがない人だね、持ってお行き」

おたつはつい情にほだされて三百文を徳三の手に渡した。

「助かります、やっぱりおたつさんだ、母親のようにありがてえ」

徳三はにんまりとして言った。

「やだよ、そんな女狂いの倅《せがれ》なんて。それより、きっと明日、烏がカアと鳴く頃には返しに来るんだよ」

おたつは言って追い返した。

続けて弥之助が入って来た。

「なんだよ、徳三さんはおべっか使って、おたつさん、騙されちゃ駄目だぜ」

弥之助は、徳三が出て行った方を振り返って顔を顰《しか》める。

「分かっていますよ。で、お前さんは七百文でいいんだね」

弥之助が言う前に、おたつはそう言って上がり框《かまち》に座った弥之助の前に七百文を突き出した。

「へい、すみません。でも、おたつさんのお陰で、商いは順調です」

弥之助は胸を張る。

「それは良かった。しっかり働いて金を貯めるんだね。金のないのは首のないのと同じだというからね。蓄《たくわ》えはあった方がいい」

おたつは、毎朝きまりきったように弥之助にも言い聞かす。

「分かってら。それはそうと、今朝はいつもより帰りが遅かったので、みんなで心配してたんだぜ」

弥之助は立ち上がったが思い出したような顔で、おたつが散歩から帰って来るのが遅く、案じていたのだと告げた。

「それがさ、親孝行の娘さんがいてね。これが綺麗な娘なんだよ。今朝その親父さんが散歩の途中で蹴躓いて怪我をしてしまって、私も手を貸していたんだよ」

「へえ、そうだったのか……そんな娘の顔を見てみたいもんだ」

弥之助は、綺麗な娘だと言ったことに興味をそそられたようだった。

「何だって、娘の顔を見てみたいだって……あぁあ、男はこれだから、いいかい、私はね、親孝行の話をしてるんだよ」

「分かったよ、でもしょうがないだろ？……綺麗な娘だなんて言うもんだから、つい。おたつさん、あっしはおたつさんと違って若い男なんだぜ。で、名前は？」

懲《こ》りずに尋ねる。

「聞いてないね。なんでも馬喰町二丁目で、ぼたんという居酒屋をやっているんだと言っていたけどね。弥之助さんは、あの辺りは廻《まわ》っていないのかい？」

「あっしの縄張りじゃねえな。仲間にあの辺りを廻っている奴はいるんだけど……」

弥之助は、ちょっと考えてからそう言った。

「表彰もんだね、あの娘は……あんなに優しく娘さんに手を引かれて、あの父親は幸せ者だ」

「……」

弥之助は急に口をつぐんだ。そしてやるせない微笑を浮かべて呟いた。

「親孝行が出来る者は幸せかもしれねえな。あっしのように家を捨てて出て来た人間には縁のない話だ」

「馬鹿言ってんじゃないよ。いつでも親の顔を見に帰ったらいいじゃないか。親はね、顔を見せてくれただけで喜ぶんだから」

おたつは子供に言い聞かせるように言う。

「いや、無理だな。田舎《いなか》には継母《ままはは》がでんと座っているからな、あっしなんざ、うっとうしがられるだけだ。だけどもういいんだ。あっしはここの暮らしが気に入ってる。おたつさんは口うるせえけど、あっしの亡くなった母親が側にいてくれるような気がしているんだ」

弥之助は、照れくさそうな顔でそう言うと、

「行ってきやす」

外に飛び出して行った。

「まったく……何人の母親になるのやら」

おたつは舌打ちしたが、まんざらでもない顔だ。

「次の人は……おたけさんだね」

近頃通って来る近隣の髪結いの女房の名を呼び込みながら、おたつの脳裏には、あの父親の傷は大事なかったのだろうかと、帰って行った親子の姿がまた浮かんでいた。

二

おたつは、予定の集金を終えると、ずっと気になっている馬喰町二丁目にあると聞いていた、ぼたんという店に向かった。

心にひっかかった事がらを、放置したままに済ますことが出来ないのは、奥を取り締まっていた頃からの習性といってもよく、それこそおたつの真骨頂だった。

なにしろあの親子については、あれから五日、一度も二人の姿を見ていない。

――もしや傷の状態が良くないのかもしれない……。

そう思うと、自分の目で確かめずにはいられないのだ。

おたつは足を急がせた。近頃続けている朝の散歩は、おたつに十分な体力をつけてくれている。地を踏みしめる力も進む速度も、ぐんと良くなったと実感している。

――おやっ……。

おたつは、馬喰町に入るやいなや足を止めた。

二丁目に入ってまもなくのこと、視線のすぐ先の障子戸に、ぼたんの名を見つけたのだ。

ここだったのかと、おたつは店に歩み寄って戸を開けて中に入った。

「いらっしゃ――」

と声がして振り返ったのはあの娘だった。娘はおたつの登場に驚いて走り出て来た。

「先日はありがとうございました」

「どうしているかと思ったのでね」

おたつは言って店の中を見渡した。

十人入れるかどうかの狭い店だった。板場に若い娘が立ち働いているのがちらと見えたが、他には白髪頭の男の客が二人、漬け物の皿ひとつを真ん中に置いて酒を酌《く》み交わしていた。

店は静かというかひっそりしていた。おたつと懇意《こんい》の岩五郎《いわごろう》とおしながやっている居酒屋『おかめ』に比べると、店の賑やかさに数段の差があると思った。おかめは何時《いつ》行っても活気がある。

——無理もない……。

家の中にああいった手のかかる老人が居れば、その憂《うれ》いは自然と店の雰囲気に影響を及ぼすのは間違いない。

娘は明るく振る舞っているが、あの父親を見ているおたつには痛々しく見える。

「お陰様で大事に至らずにすみました」

娘は頭を下げ、

「ご覧の通りの小さな店です。店を始めた頃にはおとっつぁんと二人でやっていたのですが、あの通りの不自由な体になりまして、今は以前暮らしていた長屋の娘さんに助けてもらっているんです。それでなんとかお店を回しているんですが……」

娘は店を見回して、自分の名はおはる、父の名は儀三《ぎぞう》だと告げた。

おたつもまた、自分の名と、米沢町の裏店《うらだな》で小銭を貸して暮らしている者だと教えた。

「良かった、お会い出来て、お名前も伺えて」

おはるは胸の前で、手を合わせて嬉しそうに言い、

「私あの時、お名前を伺えなかったことを、ずっと気にしていたんです。でも、こうしてまたお目にかかれて嬉しいです」

「おとっつぁんは、お医者には診《み》せたんだね」

おたつは、おはるの言葉を聞きながら、近くの樽《たる》の椅子に座った。

すると、すぐに板場から若い娘がお茶を運んで来ておたつに勧め、ぺこりと頭を下げて板場に引き返した。

「おみよちゃんです」

おはるが言った。

おみよという娘も、まったくトウシロの小女だった。多くの店では海千山千のお客を相手にして、そつなく切り回す女を置いているが、おみよの純朴な感じは新鮮

に見えた。それだけに、

――親父さんの体が良くなって、ちゃんとした料理を出すことが出来れば、お客はこういう清々しい店を好むに違いない。

ふと、おたつは思った。

「お医者ですが……」

おはるは言いにくそうな顔でまずそう言って、

「おとっつぁんはそれには及ばん、無駄な金は使うな、なんて言うものですから、私があれこれ薬を買ってきて手当てをしたんです。骨が折れたり深手を負った訳ではなかったので、なんとか膝の傷は治まったのですが」

「すると、少しは歩いているんだね？」

おたつは訊いた。

「いえ、それが」

おはるは言いよどむ。そして不安な顔で言った。

「三日ほど傷が痛むというので臥《ふ》せっておりました。そしたら、以前にも増して歩けなくなってしまったんです」

「それは良くないね、年寄りが三日も寝続ければ寝たきりになるって聞いている。以前のように、ゆっくりでもいいから散歩して足を動かさないと」

「おたつさん、おとっつぁんに会って叱っていただけませんでしょうか。おとっつぁんは随分弱気になっています。これ以上お前に世話を掛ける訳にはいかねえ、いっそ死んでしまった方がいいんだ、なんて言うんですよ」

おはるの明るかった顔が、瞬《また》く間に曇っていく。

「お見舞いをさせていただきますよ、そのつもりでやって来たんですから」

おたつは立ち上がった。

「ありがとうございます」

おはるは頭を下げると、板場の娘に、

「おみよちゃん、ちょっとお願いね」

声を掛けると、おたつを店の奥に案内した。

「こ、これは……」

儀三は、おたつの姿を見て、びっくりして起き上がろうとしたのだが、体が言うことを聞かずにまた布団に横たわった。

「いいんですよ、そのままで」

おたつは笑みを浮かべて、儀三の枕元に座った。

「おとっつぁん、この方は、おたつさんとおっしゃるそうです。良かったわね、お礼を申し上げることが出来て……」

おはるは言いながら、父親の体を力を入れてぐいっと起こし、掛け布団をまるめて背中に当て、儀三にもたれかかるように勧めた。

「その節は、申し訳ない……」

儀三は頭を下げた。顔は白く生気が無い。

「膝の傷は大事に至らなかったようですね。でも、歩けなくなったとおはるさんが心配していますよ。儀三さん、痛みがなくなったら、少しずつでも良いから歩く練習をしないと」

おたつは、少々強い口調で言った。

だが儀三は、膝の上で重ねていた手を黙って見ている。

「お前さんには、突然やって来てお節介を焼く私の話なんぞ意に沿わないかもしれませんが、私もお前さんと似たような年頃です。だから言うんです。歳を取るとね、面倒くさくたって体を動かさなきゃ駄目……」

おたつは、むっつりとしている儀三の顔に重ねた。

「本当の寝たきりになってしまいますよ。娘さんに迷惑を掛けたくないのなら歩けるよう努力しなさい。弱音を吐いて、いっそ死んでしまいたいなんて言ってるようだけど、私から言わせれば、そんなことを言えるのは我が儘《わがまま》ってもんだ」

おたつの言葉に、一瞬儀三は、きっとした視線を向けた。

「そうじゃないか」

おたつは語気を強めた。儀三の反発的な視線など歯牙にも掛けない女である。

「分かっていないようだね。いいかい、世の中にはね、ひとりぽっちで死んで行く年寄りは五万《ごまん》といるんだよ。病が重くなっても誰にも看病してもらえずに、中には餓死《がし》する年寄りだっている筈だ。そんな人に比べりゃあ、儀三さんは肌着を洗濯してもらい、そのおりには肌を拭いてもらって、しかも三度三度の食事も運んでもらっているんじゃないか。そんなに恵まれた人はいないよ。それなのに、なんだかんだと愚痴《ぐち》を言って、呆れて物も言えないよ」

ている。


「言ってるじゃねえか」

儀三がぼそりと言った。

「このおたつだから、言ってやってるんだよ」

おたつは負けてはいない。ああ言えばこう返す言葉は、頭の中にぎっしり詰まっている。

「おたつさん、元気なお前さんに、体が不自由になったあっしの心が分かるもんか」

儀三はふくれっ面だ。しかし強く反発出来ない弱さがある。五日前には、おたつに助けてもらったのだ。

おたつは、分からず屋のひねくれた弟を見ているように、苦笑を浮かべると、

「確かに、お前さんの気持ちは、分からないよ。お前さんだって、私の気持ちは分からないだろ……儀三さん、私は娘も倅もいない、ひとりぼっちの女なんだよ」

おたつの言葉に、えっという顔で儀三はおたつの顔を見た。

「私は一人暮らしなの」

おたつは強くそう言って、今度は諭《さと》すような口調で話した。

「そんな私から見れば、お前さんは恵まれている……」

「……」

「毎朝両国橋でお前さんたち親子を見る度に、いいなあ、娘がいたら、ああいう暮らしを送れるのかとうらやましく思っていたんだよ。こっちまで心があったかくなってね。お前さんたちの姿を見るのが楽しみになっていたんだ……」

儀三は、静かに顔を上げて、まぶしそうな目でおたつの顔を見た。

「おたつさん、だからこそあっしは、おはるに苦労を掛けたくないんだ」

すると、黙って聞いていたおはるが言った。

「おとっつあん、私はちっとも苦労なんて思っていませんから……」

「おはる……」

儀三は申し訳なさそうな視線を、おはるに向けた。初めて見るおはるに対する他人行儀な感情がそこにはあった。

いったいどういうことなんだと、おたつがおはるの顔を見ると、

「おたつさん、私たち親子は、血の繋がった親子ではないんです。私のおっかさんが亡くなる時に、幼なじみだったおとっつぁんに私のことを頼んだんです。それか

ら、おとっつぁんは血の繋がらない私を、本当の娘のように大切に育ててくれたんです。おとっつぁんは幼い私の手を引いて田舎からこの江戸に出て来ました。そして私を育てるために、数え切れないほどの仕事をして来ました。力仕事から物売りまで、なんでもお金をもらえることはやったんです。爪に火を点すような暮らしをして、ようやくお金が貯まり、この店を開きました。ところが一年前におとっつぁんは倒れました。手足が不自由になったのは、その時からです」

　おはるはそう言って息を整えた。

「おはる、もういい」

　儀三が制するが、

「良くないわ、おとっつぁん。私は、私はおとっつぁんが元のように元気になって、そして二人でこの店を、お客様が何度も足を運んでくれるような店にしたいんです」

　おはるは、泣き出した。

「おはるさん……」

　おたつは、おはるの背中を撫でてやった。

「頑張って来たんだよね」

そして儀三にもこう言った。

「儀三さん、おはるさんの気持ち、ないがしろにしたらバチが当たるよ」

三

「ふーむ、一年前に倒れて、手と足が不自由になった……」

医師の田中道喜《たなかどうき》は、おたつの話を聞くと、

「中風《ちゅうふう》ですな、それは……医者に診せたんでしょう？」

組んでいた腕を解き、おたつに訊く。

「一、二度診てもらったようなんだけど、薬が効いたのかどうなのか、手足が不自由になったというんです」

おたつは、道喜の膝前にある空になった湯飲み茶碗を引き寄せると、新しいお茶を注ぎながら、

「なんとか良くならないものかと思ってね、それでお前さんに相談しようと思った

んだよ」

おたつは、湯飲み茶碗を道喜の膝前に戻した。

道喜とは、本所の横網町《よこあみちょう》の長屋に診療所を構え、今や近隣では知らぬ人はいないという程の、売れっ子の医者である。

だがそうなる前には、患者は一人も訪れることもなく、金に困っておたつに暮らし向きの銭を借りに来ていた医者だ。痩せて青い顔をしていて、覇気《はき》がなかった。

ところが今はどうだ……道喜の肌の色艶はことのほか良い。気魄《きはく》も満点、どこから見ても一人前の医者だ。

以前は生気も覇気もない顔で、こんな医者に掛かっても元気になる筈がないだろうというような風情《ふぜい》だったのを、

「いいかい、お前さんは医者だ。医者が頼りない態度では患者は心細い。患者は医者が頼みの綱なんだ。たとえ難しい病でも、医者が大丈夫だと言えば、その言葉を信じて病も治ってしまうことだってあるんだから」

おたつは厳しく言って励まし、まずは蕎麦《そば》一杯分の薬礼《やくれい》でやってみなさいと助言したことがあった。

道喜はその時、半信半疑で帰って行ったが、おたつの言う通り軒《のき》に『煎薬一服十六文』などという大安売りの看板を掲げたところ、今や押すな押すなの患者の行列。大商人からも診察の依頼が来るようになり薬礼もどんと支払ってもらえる身分になっている。

誰が驚いているかって、おたつより道喜自身が驚いている今日この頃、おたつから声が掛かれば、道喜は何を措《お》いても飛んでやって来る。

今日おたつの所に来たのも、棒手振りの弥之助からおたつの伝言をもらったからだ。

「おたつさん……」

道喜は、お茶を一口含むと、

「私が思うに、その儀三さんですが、命をとられなかっただけでも御《おん》の字と思わないと……手足の不自由はあっても、言葉は話せるでしょう」

おたつに確かめる。

「まあね、しゃべることには不自由はなさそうだから」

「中風に特効薬はないんです。まだ分かってないことが多い。私は脳のどこかがやられて体が不自由になるのではないかと考えています。いや、考えるだけで、証明することは出来ませんが、今の医学は、まだそのような状態です。長崎の医者でも診立てに変わりないでしょう」

道喜は、気の毒そうに言った。

おたつは黙った。意外に難しい病だと改めて分かったのだ。

「ただ……」

少し考えてから、おたつは訊いた。

「しびれている手足を、しっかり動かす努力をすれば、少しは良くなるんじゃないかと思っているのですが……」

道喜の顔を見る。

「確かにそうです。私の患者にはそのように言い聞かせています。これは本人のやる気、良くなりたいという気持ちの問題です。医者が出す薬を飲んで回復するというものではありません」

おたつは大きく頷《うなず》くと、

「どうだろう……お前さんも忙しいだろうが、一度診てやってもらえないだろうか」

「それは良《い》いんですが……医者嫌いだと先ほど聞きました。門前払いされるんじゃないでしょうね」

道喜は苦笑する。

「私の頼みでやって来たと言えば、断る筈がありません」

おたつはきっぱりと言う。

「分かりました。では頃合いをみて行って来ます」

「すまないねえ、他に頼む人もいないもんですからね」

「まさか……おたつさんに声を掛けられて断る人はいないでしょう」

道喜は笑って、

「私にとって、おたつさんは恩人です。それに、痛いところも突いてくれるおふくろのような人です。これからも何かと相談に乗っていただきたいと思っています」

そう言って、紙の包みをおたつの前に置いた。

「なんだい、これは？」

おたつは訊く。

「滋養強壮《じようきようそう》の薬草です。疲れた時に飲んで下さい。人参も入っています」

おたつは意外な贈り物に、目を丸くして手元に引き寄せた。

そしてそれを膝の上に抱き寄せると、しみじみと言った。

「有り難いねえ……こうして気を配ってもらえる私は幸せものだ」


三日後のことだった。

儀三を診察に行った道喜から、おたつは報告を受けた。

それによると、やはり儀三の病名は卒中風《そっちゅうふう》だと言い、店の周りでも良いから少しずつ歩くこと、また、大豆を箸でつまみ上げる訓練などもするよう強く言い聞かせて来たようだ。

ただ道喜は、心配事は他にもあるようだと言った。どうやらあの親子は、暮らしの金にも困っているようだというのであった。

道喜が診察を終え、薬礼を聞かれて、薬代も含めて三百文だと告げると、娘のおはるはしばらく待ってもらいたいと手をついたのだった。

仮にも店を開いている親子だ。それが三百文の銭も出す余裕がないのかと、道喜は驚き、また気の毒にも思ったようだ。

「今回の薬礼は結構です。おたつさんに頼まれて、私もこちらが望みもしないのにやって来たんだからね」

道喜はそう言ったが、おはるは、

「必ず、必ずお支払いします。診ていただいて、おとっつぁんに助言もしていただき、私助かりました」

礼を述べたというのだった。

道喜はこの時、おはるの顔色を見て、余程困っているのだろうと思ったようだ。

「渡した薬には、元気の出るものも入れてあります。歩いてみようかと前向きになる筈です。娘さんには、また倒れたりすれば命の保証はないという話もしておきました。だからこそ今が大事だと……」

道喜はそのように親子の様子をおたつに告げて帰って行った。

おたつは、道喜が長屋の木戸を出る頃には、立ち上がって着物の乱れを直し、髪を解きつけ、外出の用意をした。

そしてすぐさま長屋を出た。馬喰町二丁目のぼたんに向かったのだ。もはや黙って見過ごすことは出来なかった。

——おやっ……。

おたつは、ぼたんの店が見える五間ほど手前で立ち止まった。

店の中から出て来た男が、掌《てのひら》の上の何かを確かめたのち、にやりと笑って背後のぼたんの店を振り返り、それから足早に去って行ったのだ。

男は四十も半ばを過ぎた、眉毛の濃い、目付きの良くない遊び人かチンピラ風で、お客としてやって来たようには見えなかった。

おたつは俄《にわか》に胸騒ぎがした。急いで店の戸を開けて中に入ると、

「!……」

おはるが、ぼんやりとして座っていた。

「おはるさん」

声を掛けると、はっとして袖で目を拭いた。泣いていたのだ。

「どうしたんだね、今さっき、人相の良くない男を見たんだけど、何かあったのかね」

おたつの言葉が、終わるか終わらぬかのうちに、おはるは涙に濡れた瞳をおたつ

に向けて、

「あの男は、たびたび、おとっつぁんにお金をせびりに来るんです」

訴えるように言った。

おたつは大きく頷いた。先ほど店の外に出て来た時の男の様子は、今おはるが言ったことを裏付けるに十分だった。

「どんな理由で、お金を渡さなきゃならないのだね」

おたつは、おはるの顔を覗《のぞ》く。

「分かりません。おとっつぁんが渡しているんです。私が理由を聞いても教えてくれないんです。お前は関係ない話だと言って」

「なんてことだね」

「一生懸命働いて貯めたお金を、みんなあの男に渡してしまうんです」

「それで暮らしのお金にも事欠いているんだね」

おたつの問いにおはるは頷き、

「おとっつぁんは、お医者に診てもらって自分の体を治すことよりも、あの男にお金を渡すのが先なんです。もう店の将来もあったもんじゃありません」

「わかった。私が意見してやるから」

奥に行きかけたおたつの手を、おはるはぐいと摑《つか》んで、

「やっぱり止《や》めて下さい。おとっつぁんを怒らせてしまいます。体に障《さわ》ります。道喜先生からも言われているんです。心静かに暮らすことが一番だって、興奮したりしてはまた何時《いつ》発作が起こるかもしれないって……」

「だってそれじゃあ、いつまで経っても解決しないよ。この店だって畳まなきゃならなくなる」

「ええ……」

おはるは力なく頷くと、

「それも、しょうがないのかもしれません。おとっつぁんが働いて貯めたお金で持った店なんですから……」

「いいや、儀三さんは間違っている。おはるさんがこんなに困っているのに……」

おたつは、おはるの手を振り切って、もう一度奥に行こうとするのだが、おはるはまたもや、おたつの手を握り、

「おたつさん、ありがとうございます。こうして愚痴を聞いていただいただけでも

気持ちが安らぎます。ただ、これは私の想像ですが、おとっつぁんは、あの男との繋がりを私にも知られたくないのだと思います」

力なく言った。

「何故《なぜ》……どういう訳なんだね」

おたつは、おはるの向かい側に腰を据え、おはるの顔をきっと見た。

「これは誰にも話したことはないのですが、おとっつぁんは昔、巾着切《きんちゃくぎ》りをしていました」

「巾着、切り……」

これにはおたつも驚いて聞き返した。おはるは頷いてから、

「私がそれを知ったのは、十歳頃だったと思います……」

小さな声で告げ、すぐに、

「でもそれは、私を育てるためだったのではと思っています」

「まさか……」

おたつはため息をつく。

「本当です。でも私、そのことを知った時に、止めて欲しいと泣きながら頼みまし

た。おとっつぁんはそれで足を洗ったんです……」

それからの儀三は、手間賃の安い仕事でも受けて働いたのだ。

おはるが起きる頃には、儀三はおはるの食事を作って仕事に出かけていた。

夕食は、おはるが作ったが、儀三は夕食後に一杯ひっかけて、すぐに床についた。

翌日の仕事があるためだ。

そういう苦労ばかりの暮らしが七年ほど続き、念願の店を持ったのだ。

「あの男は、昔のおとっつぁんを知っているんです。おとっつぁんは自分の昔を人に知られたくない。それで脅《おど》されるままに、お金を渡しているのだと思います」

おたつは、心底驚いていた。しかしこのままで良い筈がない。

「おはるさん、あの男の名は？」

険しい顔で、おたつは訊く。

「確か、仁助《にすけ》とか言っていました。最初にこの店にやって来た時に、仁助が来たと儀三さんに伝えてくれねえか、そう私に言ったんです」

「仁助……」

「はい。それと、あの男は、私がおはるだってことも知っていました。初めて会ったのに、おはる坊《ぼう》だなって私の顔を見て言ったんです」

「すると、母親のことも知っていたんだね」

おたつは驚くばかりだ。

つまり仁助という男は、儀三親子の昔をすべて知っていて脅しているということになる。

――父親の儀三が昔巾着切りだったことだけが脅しの原因なのだろうか……。

おたつは思った。

今の儀三は、人の懐を狙う巾着切りではない。儀三は足を洗っているのだ。町奉行所だって巾着切りに縄を掛けるのは、現行の者と決まっている。昔そうだったからといって縄を掛けられることはないのだ。

仁助に何度も強請《ゆす》られているとしたら、別に理由があるのではないかと、おたつは考えるのだ。

「いいかい、おはるちゃん。今度仁助がやって来たら、おとっつぁんとどんな関係だったのか、そっと盗み聞きしてみるんだね。泣いてたって何も解決しないんだから。このままこんなことを続けていたら、お前さんたち親子は破滅《はめつ》だよ」

おたつはそう言い置くと、ぼたんの店を出た。

## 四

この世の中は、どうしてこうも一刻も心安まる日がないのだろうか。ひとつの気がかりなことが解決をみたかと思ったら、また次の悩ましい何かが起こっている、次から次に切れることはない。

自分の生きて来た道を振り返っても、つくづくおたつはそう思うのだ。

いや、自分のことばかりではない。他人に振りかかっている災難にも、他人事だと目をつぶり、知らぬ顔でいることが、どうしてもおたつには出来ないのだ。

――しょうがない、これが私の性分なんだから……。

おたつは自分に言い聞かせ、四半刻(約三十分)前にぼたんを出て来たものの、その足は自分が暮らす長屋ではなくて、汐見橋《しおみばし》に向かっていた。

汐見橋とは、浜町堀に架かる橋のひとつだが、その袂には『おかめ』という居酒屋がある。

元岡《おか》っ引《ぴき》の岩五郎の内儀《ないぎ》、おしなが切り盛りしている店だ。

儀三親子が抱えている差し迫った苦悩を岩五郎に話し、何か良い手立てはないものか相談してみようと思ったのだ。

「まあ、お久しぶりでございます。岩《いわ》さんもお訪ねしなければと言っていたところです」

おしなは、おたつを迎えると愛想の良い顔で言った。

「で、岩五郎さんは？」

おたつが尋ねると、一刻（約二時間）ほど前に出かけたのだという。

「なんでも見知った人が殺されたらしくって、飛んで行ったって訳なんです。もう十手《じって》はお返しした身、岡っ引でもなんでもないんだから、あんまり首を突っ込まない方がいいんじゃないのって言ったんだけど、あの性格ですからね、知らぬ存ぜぬは出来ないって……」

「じゃあ、少し待たせてもらいますよ」

おたつは腰を下ろした。

おしなはすぐに、熱いお茶を淹《い》れておたつに勧めた。

ひとしきり世間話をしていたのだが、次第にお客が入って来て、

「すみませんねえ」

おしなは立ち上がり、板場に入った。

この店はやはり、あのぼたんとは比べものにならない程の繁盛だ。おしなは味付けがうまいから、一度やって来たお客は、たちまち贔屓《ひいき》になって賑わうのだ。

それに比べて、ぼたんの閑散とした風景には、気の滅入りそうな暗さがある。

——主《あるじ》が難題を抱えて心を暗くしているからだ……。

何の商売でもそうだ。陰鬱《いんうつ》な雰囲気の店には入ろうとは思わない。

結局、商いをする人の心の内が、店の善し悪し、人気が出るかどうかを決めてしまうのは避けようがない。

そんなことを思いながらおたつは岩五郎を待っている間、おしなが運んでくれたお茶を飲み団子を食べていたが、それを食べ終わり飲み終わったところに、

「これはお待たせしたようで……」

岩五郎が帰って来た。

「知り合いの人が殺されたって聞きましたが……」

おたつが話を振ると、

「金貸しの爺《じい》さんですよ」

岩五郎は言って、

「おたつさんも気を付けた方が良い。殺された爺さんは、松蔵《まつぞう》さんという人だったんだが、金貸しをして暮らしていた人で……」

「恨まれたのかもしれないね」

岩五郎が言い終わる前に、おたつは言った。

「さあ、それだが……金貸しは金貸しでも小銭貸しだった。せいぜい十両まで、それ以上は返済能力のない者に貸すのは、かえって罪だと言っていた人だ。利子も定額で、阿漕《あこぎ》な商いはしていなかったんでさ」

岩五郎はまっとうな商売だったことを強調し、おたつを案じる顔を向けたが、

「いいえ、どのような貸し方でも恨まれることはあるんじゃないかね。金を借りる時には恩人に見えても、期限に返せず、催促などされれば恩人どころか鬼に見える。なぜ待ってくれないのだと一転恨みの対象にもなるんだから……」

おたつは言った。岩五郎は頷いて、

「下手人《げしゅにん》の姿を見た者もいないし、今のところ御奉行所の旦那方も皆目見当《かいもく》もつかないと言っている。あっしは生前爺さんのところに何度か碁《ご》打ちに立ち寄ったことがあったんでさ。出来ることなら下手人を捕まえてやりてえが、十手を返した今は公に調べるってことも出来ねえ」

「まっ、金が目当てだったことだけは確かだね」

おたつは、きっぱりと言った。

「すみません。こっちの話ばかりしちまって、おたつさん、吉次朗《きちじろう》様のことですね」

岩五郎は思い出して話を変えた。

吉次朗とは、花岡藩藩主佐野忠道《さのただみち》が次男で、亡くなった側室美佐《みさ》の腹から生まれた者のこと。

正室の腹から生まれた梅之助《うめのすけ》との確執を心配した美佐が、今際《いまわ》の際《きわ》に、息子を上屋敷から出し、藩とは関係のない所で育ってほしいとおたつに懇願《こんがん》したことがことの始まり。

当時奥女中の取り締まりだったおたつは信頼のおける萩野《はぎの》という女中をつけて、

吉次朗を屋敷から外に出し、ある所に匿《かくま》っていた。

ところが、萩野と吉次朗は、その場所から姿を消した。何者かに襲われたからだ。そこでおたつは野に下り、長屋で暮らしながら、ひそかに吉次朗を捜しているのだった。

近頃では藩主も病がちで、しかも嫡男《ちゃくなん》梅之助も体が弱く、忠道は、梅之助は藩主の重圧には耐えられないだろうと考えているようだ。

そこで早急に吉次朗を捜せとのご命なのだ。おたつは小銭を貸している弥之助や医者の道喜、そして元岡っ引だった岩五郎にも手伝ってもらって、吉次朗を捜しているところである。

「そうです。まずは吉次朗様のことが気になるところです」

おたつは言った。

「ただいまは手下だった巳之助《みのすけ》と勘助《かんすけ》の二人を使って、四方八方に走らせておりやす。今日は巳之助を押上《おしあげ》村の岡島藤兵衛《おかじまとうべえ》さんのところにやっていますので、何か分かればお知らせしようと思っていたところです」

岩五郎は改めて緊張した目でおたつを見た。

岡島藤兵衛とは、一時 "みの" と名乗っていた萩野と、"吉之助" と名乗っていた吉次朗の二人を匿っていた、押上村の名主《なぬし》である。

何者かに命を狙われた二人は、逃亡中に藤兵衛宅で匿ってもらい、再びいずこかに姿を消したのだ。

そのおり、落ち着いたら知らせるという言葉を藤兵衛に伝えている。

そこで岩五郎は、岡島藤兵衛の所に頻繁に手下を送って、何か連絡がなかったか訊いているのだった。

おたつは岩五郎の差配に頷き、

「実はもうひとつ、いや、こちらはどうしたものかと助言してもらいたくて立ち寄ったんですが」

ぼたんの店の親子が脅されているらしいという話を岩五郎にした。

「ふうむ」

岩五郎は女房が持って来たまま冷えてしまったお茶を一口飲んで考えてから、

「こいつはちょっとばかり闇が深そうですな、おたつさん」

と言った。

「どうしてやったら良いのかと、今度ばかりは思案しているのですが……」

おたつは困惑の顔で言った。

「おたつさん、まずは、どんな訳があって脅されているのか、それが分からないことには解決のしようがありやせん。……その親父さんが鍵ですな。これはあっしの勘ですが、親父さんには世間にばらされては困るような昔があるようですな」

険しい目で岩五郎はおたつを見た。

「私もそのように思います。金の切れ目が縁の切れ目。儀三さんから奪い取る金がなくなった時、仁助という男がどうするのか……」

おたつも頷く。

「仁助というんですか、その野郎は……おたつさん、いざとなった時には遠慮なく言って下さい。あっしは十手は持ってねえが、今でも北町の旦那方や十手持ちとは縁がありやす」

岩五郎は頼もしい言葉をくれた。

「おたつさん、いるかい？」

おたつが夕食を作り始めてまもなく、弥之助が同じ年頃の男を連れてやって来た。弥之助はその手に青菜を摑んでいて、中に入ってくるやいなや、おたつの前に青菜を置いた。

「売れ残ったものだけど……」

「いいのかねもらっても、丁度良かった、お揚げと甘辛く炊くといいね」

青菜を取り上げたが、ふと弥之助が連れて来た男に視線が止まった。

「伸次《しんじ》というんだ、俺の友達」

弥之助が若い男を紹介した。

「伸次といいやす。あっしも弥之さんと同じ野菜の棒手振《ぼてふ》りです」

若い男は丁寧に挨拶をした。浅黒い男で顔は引き締まっていて、弥之助より真面目な男に見える。

「で、私に用があってやって来たんだね」

おたつは、伸次と名乗った男の顔を見た。

「へい、他に頼るところもございません。少しまとまった金を貸していただけねえものかと……」

仲次の顔は、懇願の色に変わっている。

「いくらなんだい？」

おたつは、青菜をまな板の上に置くと、上がり框近くまで出て来て座った。弥之助と仲次にも、上がり框に座れと促す。

「申し訳ねえが、せめて五両、いや、三両でもいいんだが」

仲次は、おそるおそる言う。

「なんだって、五両か三両、何に使うんだね」

俄におたつの顔が険しくなる。

「おたつさん、お手柔らかに頼むよ」

側から弥之助が口添《くちぞ》えをする。

「弥之助さん、お前さんに聞いてんじゃないんだよ。そんな大金、何に使うのか聞かずに、はいそうですかと、貸せる金ではないだろ」

おたつの厳しい言葉に、しゅんとなる弥之助を見て、仲次はまたおそるおそる言った。

「実は、心に決めた娘がおりやして、その人が今、店賃《たなちん》も払えずに困っているんです。なんとかしてやりたいと悩んでいたところ、弥之さんが良い人がいる、その人に頼んでみてはどうかと教えてくれて……それでこちらに参ったのです」

「その良い人っていうのが、この私という訳なんだ……」

おたつは、ぎろっと弥之助を睨《にら》む。

弥之助は、ますます首を竦《すく》めて、上目遣いにおたつを見るが、

「おたつさん、おたつさんも知らねえ人の話じゃねえんですぜ」

勇気を振り絞って言う。

「あたしが知っている人の話って、誰のことさ……」

「ほら、おたつさんは孝行娘の話をしただろ、ぼたんっていう店の親子のこと」

「したよ……」

と言って、すぐにおたつは目を見開き、

「困っている店というのは、ぼたんの店のことなのかい？」

仲次の顔を見た。

「へい、その通りでございます」

「じゃ、お前さんは、あの、おはるちゃんと、ゆくゆくは所帯を持ちたいと思って

いるんだね」

「へい」

仲次は、真っ赤になって頷いた。

「しかし、それにしても、お前さんにとっては五両、三両は大変な借金になる。棒手振りで返せるとも思えない額じゃないのかね。そんな払えないような額を借りるもんじゃないよ。人に金を借りる時には、必ず返せる額じゃないと……」

おたつは厳しく言い聞かせる。

「おたつさん、助けてあげてよ。仲次の話じゃあ、これ以上店賃が滞ったら店をたたまなきゃならないんだって言ってるらしいんだ」

弥之助が言う。

「ちょっと待ちなさい。あの店の規模なら、店賃は一月一分《ぶ》ぐらいなものじゃないかね。なんで五両、三両という額になるんだね」

おたつは、金の貸し借りについては情にほだされたりしない。貸借は冷静な目で見て決めなければいけないというのが、おたつの信条だ。

「それが、たびたびあの店を強請りにやって来る男がいるんですが、仁助という野郎なんですがね」

「知っている。一度見たことがある」

「仁助に、次は五両用意しておけと言われているらしいんです」

「なんだって……何時言われたんだね」

おたつは驚いて聞く。

「昨日おはるさんから聞きました」

仲次は言う。

「なんてことだね」

おたつは舌打ちをした。

ぼたんにおたつが行ったのは五日前だ。あの時だって、あの男は手ぶらで帰った訳ではない。某《なにがし》かの銭を懐におさめて帰って行った筈だ。

「どこまで非道な男なんだ。仲次さんと言ったね、おはるさんの父親がどんな理由で仁助に脅されているのか聞いているのかね」

「いえ、知りません」

仲次も詳しいことは知らない様子だった。

「何故脅されているのかも知らないのに……話は分かりましたが、今日のところは帰るんだね。この話、お前さんの手には余る。私がお前さんに五両の金を貸すのは容易《たやす》いことだが、それであの店が助かる訳ではない。あの男は、親子が死ぬまで追い詰めるかもしれないんだ」

おたつは厳しい顔で言った。

仲次はしゅんとなって首《こうべ》を垂れたが、

「仲次さん、おはるさんを救うために、やってもらいたいことがあるんだが……」

「なんでもやります」

おたつの言葉に、仲次はすぐに顔を上げて言った。

五

「儀三さんよ、たった、これっぽっちで帰れというのかい？」

仁助は、儀三の枕元で取り上げた文銭の入った巾着を、ふらふらと振って見せた。

「二日前にも金はねえって言うんで、素直に帰ってやったんだぜ。だがよ、今度は一両小判を用意しておけと言った筈だ」

仁助はまたしても店に現れ、儀三の臥せっている部屋に侵入して脅しを掛けているのだった。

おはるは、おたつに言われた通り、板場に続く小部屋から板戸に耳を当て、父親が臥せっている部屋の会話を盗み聞きしている。

「仁助、この体をみれば分かるだろう。店は娘に任せっきりだ。今は店賃も滞っているんだ。嘘じゃねえ」

儀三は必死に訴える。

「ふん、泣き言は聞きたくねえや。二、三日の間に、今度こそ五両の金を用立てろ。これが最後だ」

仁助は容赦する気配は無い。

「む、無理だ」

「ならば店の沽券《こけん》を売って作ればいい」

仁助はそういうと、儀三の胸ぐらを摑んで、

「ただの脅しじゃねえぜ。いざとなったら、おはる坊に何もかもバラしちまうぜ。

いいな！」

仁助は強い口調で念を押すと、儀三を突き放して踵を返しいきなり小部屋への板戸を開けた。

「あっ」

突然のことで、おはるは狼狽《ろうばい》した。

「ふん……」

仁助は冷たい笑いをおはるに残すと、乱暴な足取りで店を出て行った。

おはるは仁助の後ろ姿に歯ぎしりする。

だがこの時、店の外から見張っていた弥之助と伸次が、帰って行く仁助を追っかけて尾《つ》けて行ったことは知らない。

もはやこれまでかと、怒りと悲しみの混じった顔で、

「おとっつぁん！」

おはるは、儀三の枕元に歩み寄って座った。

「どうしてあんな男に強請られなきゃならないの。これじゃあ、いくら頑張ってお店をやっても、苦しいことばかりじゃない。私、何を聞いても驚かないから話し

て！」

父親をおはるは問い詰める。

だが儀三は、怒りに震える目で天井を見詰めるだけで、口を固く閉じている。

「おとっつぁん！」

「……」

「もう嫌、なんにも話してくれないのだったら、お店は畳みます」

おはるは立ち上がる。

「おはる、この店はお前のために始めたんだ。お前が亭主と二人でこの店をやるんだ。先々路頭に迷うことがないように、そう思って手に入れた店だ」

儀三は弱々しい声で言う。

「私、あんな男がたびたび顔を出すような店なら欲しくありません。裏店で暮らした方がいい。裏店に暮らして、私が働きに出ます。おとっつぁんと二人で食べて行くぐらいなら私にだって稼げます」

「いいや、それはならねえ。わしが今日まで頑張って来たのは、おめえを幸せにするためだったんだ」

「だったら……」

おはるは、もう一度枕元に座ると、

「なぜ脅されているのか話して頂戴」

「前に話したろ。おとっつぁんが巾着切りをしていた話を、奴はそのことを世間にバラすと……」

「嘘よ、嘘ばっかり。足を洗った者はお上も咎《とが》めないと聞いています。おとっつぁん、きっぱりと断って、でないと私、御奉行所に訴えます」

おはるは言い放って店の方に出て行った。

──おはるの言う通りだ。奴をのさばらせていちゃあいけねえ……。

せめてこの足が自由に動くなら、あんな男など足の一本もへし折ってやるのにと怒りに震えながら、儀三は天井を睨んでいたが、

──消えてもらうしかねえな……。

そのためには、この足をなんとかしなくてはと、儀三の顔が怖い顔に変わっていく。

儀三は天井をしばらく見詰めていたが、

「おはる、おはる！」

大声で呼んだ。

おはるが機嫌の悪い顔で部屋に入って来た。

「おはる、手を貸してくれねえか。歩く練習をしたいんだ」

「おとっつぁん……」

儀三の心の変化を知らぬおはるは、ほっとした顔で儀三に歩み寄った。


その頃、弥之助と伸次は仁助の後を追っていた。

おたつが伸次に指示したのは、仁助の正体を暴《あば》くことだった。

ぼたんを張っていれば、仁助は必ず現れる。その仁助を尾行して何処《どこ》に住んで何をしているのか、また儀三とはどのような繋がりがあるのか、それが分かれば対処の仕方もあると教えたのだった。

伸次は必ずやり遂げるとおたつに約束した。しかし自信がある訳ではなかった。

誰かを調べるなどということは初めてだ。

伸次の自信のなさそうな顔色を見た弥之助は、乗りかかった船だと思って、自分も手伝うことになったのだ。

二人は仁助と顔を合わせたことはない。後を尾けているのを気づかれてもシラを切れる。通行人のふりをして、二人は仁助に付かず離れず追って行く。

仁助は、ぼたんの店を出ると神田堀に沿って北に歩き、亀井町から大和町《やまとちょう》代地を過ぎ、豊島町《としまちょう》に入ると一丁目にある番屋の戸を開けた。中にいる誰かに合図を送っている。

「おい、あいつは何を考えてるんだ……自分の悪事を白状するためか……まさかな」

弥之助が塀の角に身を隠し、前方に居る仁助の姿を見ながら言った。

「あっ、岡っ引ですよ、出て来たのは……」

伸次が驚く。

岡っ引は三十半ばの年頃か、顔に疱瘡《ほうそう》の痕《あと》が無数に残っている人相の良くない男だった。

仁助は岡っ引に頭が上がらないらしく、低姿勢で付いて行く。

どこまで行くのかと弥之助と伸次も後を追った。すると二人は、隣町二丁目の煮売り屋に入った。

煮売り屋とは、もともとは様々な惣菜を作って売っていたのだが、近頃では酒を出す店も多く、居酒屋とさして変わらぬ。

弥之助と伸次も、追っかけるようにして煮売り屋に入る。

仁助と岡っ引は、奥の方の椅子に並んで腰を掛けた。岡っ引は、ちらりと十手を店の初老の親父に見せると、仁助に顎《あご》をしゃくった。

弥之助と伸次は、仁助たちの背後に座ると、板場に向かって酒を頼み、耳を立て、気づかれないように視線を仁助たちに送る。

仁助は、懐から出した物を、岡っ引の掌に載せている。先ほどぼたんの店を脅して取り上げてきた銭に違いなかった。

「ふざけてるのか、おめえ」

低くてドスの利いた岡っ引の声が、弥之助たちの耳にも届く。

「今はそれしかねえって言うんだ」

仁助が言い開きをするが、

「子供の使いじゃねえんだぞ。今度は五両の金を用意するように脅してあるんだと言ったのは、おめえじゃねえか」

「すいません」

仁助が謝っている。

弥之助と仲次は、顔を見合わせた。

二人の様子から、仁助がぼたんの店を強請って取り上げた銭は、岡っ引の手に渡っているということか。

――しかし何故だ……。

弥之助も仲次も、口には出さないが、そこのところに疑問を持った。

また、岡っ引の押し殺した声が聞こえてきた。

「いいか、俺がおめえを見逃してやったんだぜ。他の奴らだったら、今頃おめえは小伝馬町《こでんまちょう》だ。そして良くて遠島《えんとう》、でなければ斬首《ざんしゅ》」

「親分、勘弁して下せえ。近いうちにかならず五両の金を……」

仁助は必死だ。

「だいたいおめえはドジばかり踏んでら。あの爺さんのことだってそうだぜ。いいか、今度は必ずだ、同じ言い分けは聞かねえぜ」

岡っ引はそう言うと、立ち上がった。

そこへ店主の親父が升酒《ますざけ》を盆に載せて運んで来た。

「遅いぜ」

岡っ引は叱りつけると、升の酒をぐいっと飲み干して出て行った。

親父は岡っ引を見送ると、仁助に升酒を出して言った。

「お前さんも気の毒だな。あの親分に睨まれたら逃げられねえぜ」

仁助は、歯を食いしばっているようだ。親父に対する返事はなかった。受け取った升酒をぐいぐいと飲んでいる。

親父は仁助に哀れむような視線を送ると、弥之助と伸次に酒を渡して板場に引き返して行った。

「親父、酒をくれ」

仁助が大声を出した。

親父は板場から出て来たが、

「銭は持っているのだろうね」

仁助に訊く。

「銭だと、助五郎《すけごろう》親分には催促しねえじゃねえか」

頬を膨らませた仁助に、

「親分は親分、お前さんはお前さんだ」

親父は言った。

「ちっ、もういいや」

仁助は舌打ちすると、銭を何枚か置いて立ち上がった。

膨れっ面で帰って行く。

弥之助は伸次に頷くと、伸次を店に置き、弥之助一人が仁助の後を追った。

伸次は酒を飲み干すと、巾着から銭を出し、

「親父さん」

呼びかけて手渡しながら、

「親父さん、あの二人、よくここにやって来るんですか。いやね、ここだけの話ですが、あの仁助という人に酷《ひど》い目に遭《あ》わされている人がいやしてね。それでいろいろと調べているんですが、そしたら今日、岡っ引の親分と懇意のようだと分かって驚いているんです」

思い切ってそのように説明して、二人の関係などを訊いてみた。

「仁助っていう男が親分とここに来るようになったのは最近だね。どうやらあの親分に脅されているようだ。いつもここにやって来ると、親分に銭を巻き上げられているんだ。あっしは何度も見ていやすぜ、二人の妙な関係を……」

親父は顔を顰めた。忌《い》みものでも見るような表情で、この店にとっても二人は歓迎したい人間ではないようだった。

「それじゃあ、質《たち》の悪い悪党と一緒じゃないか」

「質の悪いなんてもんじゃねえや。あの親分は助五郎っていう人だが、恐ろしい人でね。ここで飲み食いしたって銭を払ってくれたことはねえんだ」

ついに親父さんの不満が噴き出した。

「チンピラかヤクザじゃないか」

伸次の胸に怒りが湧き上がる。ぼたんを脅して銭を巻き上げていく仁助の姿と重なるのだ。

「御奉行所の役人に訴えたくても相手は十手持ちだ。あの親分は話をでっちあげて縄を掛けるなんざ朝飯前だ。こっちも小伝馬町なんぞに送られるのはごめんだから酒も肴《さかな》もただで提供しているって訳なんだ」

「酷い話だな……」

仲次は怒りを込めて言った。

六

おたつは黙って仲次の報告を聞いていた。

ぼたんの店の難儀は、相当複雑で根が深いのではないかと考え始めている。

「親父さんの話では、以前にも岡っ引の助五郎に脅されて金を貢いでいた男がいたようなんですが、その男は助五郎の仕打ちに耐えられなくて、いずこかに逃げて行ったようです。なんでもその男は、盗みを働いたところを助五郎に見付かって、それで脅されていたようなんです。おたつさん、助五郎って男は、十手を持っているのをいいことに、小悪人を脅して金をぶんどっているんですよ」

仲次はそう告げて口を閉じた。

「すると仁助も、なんらかの悪事を助五郎に握られて、それで脅されているってことだね」

おたつの言葉に、伸次は大きく頷いた。すると弥之助が、

「あっしは、仁助を尾けて奴の長屋を突き止めやした」

と言った。仁助は外神田の神田《かんだ》佐久間町《さくまちよう》一丁目の長屋に入って行ったのだ。

弥之助は、煮売り屋から仁助を尾けた訳だが、仁助の後ろ姿は、ずっと肩を落として、しょぼくれた姿だった。

ぼたんの店から出て来た時の、いきりたった小悪党の姿ではなかった。

長屋の入り口の木戸で、外から帰って来た中年の女に仁助のことを訊いてみると、

「何をしているのか分からない人ですよ。生国は信濃だって聞いていますが、それも本当かどうか……日傭《ひやとい》仕事をする訳じゃなく、うさんくさくて長屋の鼻つまみ者ですよ」

眉をひそめて言ったのだ。

「家族は、いねえんだな」

弥之助が更に尋ねると、

「いないよ。どうやらあちらこちらを彷徨《さまよ》って暮らしていたらしいから、所帯なん

て持てなかったんじゃないかしらね。もっとも、年も年だし、甲斐性《かいしょう》もないようだし、寄りつく女なんていないと思いますよ」

女の言葉は辛辣《しんらつ》だった。

弥之助が礼を述べて引き返そうとしたその時、女は思い出したように引き留めて、

「この一丁目で一月近く前に、小金貸しの爺さんが殺されたんだけどね。お役人は近隣で暮らす遊び人などを調べて聞き回っていたんだけど、あの仁助さんも怪しまれたみたいでさ、一度お役人が長屋に来ていたんだよ」

「それで……」

弥之助は俄に緊張したが、

「疑いは晴れたのかどうか、それっきりだったけど……やっぱりみんなに、そういう部類の人間だって思われているって訳なのよ」

女はそう言ったのだった。弥之助はそこまで報告すると、

「おたつさん、仁助は叩けば埃《ほこり》の出る男だってことですよ」

おたつを、自信たっぷりの顔で見た。

今度の調べをしたことで、弥之助はむろんのこと、伸次も一皮むけたように逞《たくま》し

い感じがした。

「弥之助さん、伸次さん、ご苦労様でした。少し見えて来ましたね。私は岩五郎さんにも相談してみようと思います。二人とも商いの合間で良いから、ぼたんの店の様子を見てくれないかい」

おたつの言葉に、二人は大きく頷いて帰って行った。

「ふう……」

おたつは大きな息をついた。

いつものことながら、ついお節介が過ぎて、おたつの年齢には厳しいものがあるが、そんなことで諦めたり引き下がったり、方向転換するおたつではない。かえって体の底から漲《みなぎ》るものがある。

――さて……。

滋養を摂《と》って英気を養うかと、夕食を作る鍋を持ち上げたその時、

「おたつさん、いますか……」

元岡っ引だった居酒屋おかめの岩五郎が入って来た。

「あっ、丁度良かった。明日にでもお店に出向こうかと思っていたところです」

そう言って迎えたが、岩五郎が若者を連れて来たのに気づいた。

「お久しぶりです」

仕立ての良い小袖に同色の羽織を着た男が頭を下げた。

「あんたは、押上村の岡島藤兵衛さんの息子さん、鹿蔵《しかぞう》さんだったね」

おたつは驚いた。

「はい、今日は父親の代わりに参りました。いつもは岩五郎さんの使いの方が押上村までいらっしゃいまして、私どもに吉次朗さまから連絡はないのかとお尋ねなんですが、本日は緊急にお知らせしたいことがありまして参りました。先に岩五郎さんをお訪ねしたんですが、私が直接おたつさんにお伝えした方が良いとおっしゃるので、岩五郎さんにこちらを案内して頂きました」

流石《さすが》は名主《なぬし》の倅だと、おたつは目を白黒させて鹿蔵の顔を見た。

以前岡島宅を訪ねた時には、親が名主でお気楽に育った倅で、極楽とんぼに見えたのだが、なんのなんの、きちんと羽織と揃いの着物を着て口上を述べる鹿蔵は、しゃきっとしていて男ぶりも良くみえる。

「どうぞ、上がって下さい。今お茶を淹れます」

おたつは座敷に上がるよう二人に勧め、急いでお茶を淹れた。

「おたつさん、岡島家に萩野さまからの便りがあったようです」

岩五郎は座敷に座ると告げた。すると続けて鹿蔵が、

「一刻も早くお知らせした方が良いと思いまして……」

そう言いながら、懐から一通の油紙に包んだものを出して置いた。

おたつは油紙の包みを取り上げた。

「父親が風邪で臥せっておりまして、私が参りました。先に岩五郎さんの店に立ち寄って、それでこちらに参ったのです」

鹿蔵が言った。

おたつは鹿蔵の言葉を聞きながら、急いで油紙を開き、中から文を取り上げた。

「萩野……」

おたつは書状の宛名の筆跡を見て呟いた。

文の表書きの筆跡は、長い間おたつの下で奥にお勤めをしてきた萩野のものに間違いなかった。

「差出人は、みのとなっておりますが、萩野さまで間違いないのでございやすね」

岩五郎が念を押す。

「萩野の筆跡です、間違いありません」

おたつは文を広げて読んだ。

文には、岡島家を出る時に多額の金子《きんす》を持たせてくれた藤兵衛へのお礼を記し、今はその金子で、御府内《ごふない》で無事に暮らしていると記されていた。

ただ、今どこの場所で暮らしているかの具体的な記載はなかった。

「お住まいが分かれば、日々の暮らしの物などお届けしようと思っていたのにと、父親は残念がっておりました」

鹿蔵は言う。

「きっとこれ以上迷惑を掛けては申し訳ないと考えてのことだと思われます。それに、万が一居場所が漏れて、吉次朗様のお命が狙われるのを恐れてのこと……」

おたつは案じ顔で文を巻き戻したが、ふと岩五郎を見て尋ねた。

「この書状を岡島家に運んで来た飛脚《ひきゃく》に尋ねれば、どの地で書状を託されたのか分かるのではありませんか？」

「やってみましょう。まだ飛脚屋に顔は利く」

岩五郎は言った。

おたつは、その言葉を聞いてほっとした。飛脚伝いで探索すれば、案外早く吉次朗と萩野の隠れ屋を探し出すことが出来るかもしれないのだ。

「では私はこれで……また何かお手伝い出来ることがあればおっしゃって下さい」

鹿蔵はそう言い残して帰って行った。

「で、おたつさん、あっしにさっき何か用事があったんじゃありやせんか」

岩五郎は、鹿蔵を見送るとおたつに尋ねた。

「いや、実は先日一度話したことがある、ぼたんという店のことなんです。どうもややこしい話になっていましてね」

おたつは、ぼたんを脅している仁助を、弥之助たちに調べさせたところ、質の良くない助五郎という岡っ引まで出て来て、どうしたものかと思案しているのだと話した。

「おたつさん、助五郎の名は聞いたことがありやすよ。奴は南町の旦那から十手を預かっている男です。仲間内では悪党だという噂もあるようです。十手を笠に着てやりたい放題しているんだと思いやす。しかし、その話が本当ならただじゃあすまねえ……」

　岩五郎の顔が俄に険しくなって、

「分かりやした。一度深谷《ふかや》の旦那に会って話してみやす」

　おたつに頷いた。

　深谷とは、岩五郎がかつて十手を預かっていた北町の同心だ。

「しかし……」

　岩五郎は帰ろうとして土間に下りたが、

「その仁助という男も気になるな。あっしがこの前に話した殺された小金貸しの爺さんが住んでいた長屋とは目と鼻の先だ。まだ下手人は捕まっていないんだが、まさかな……」

　独りごちて帰って行った。

「ああ、美味《おい》しかった。ごちそうさま」

　おたつは、どんぶりうなぎをペロリと平らげると、うなぎを焼いている与七《よしち》に言った。

「久しぶりだったもんな、おたつさんがここにやって来たのは……」

与七は、煙の向こうから笑顔を見せる。

絞りの柄のねじり鉢巻き、粋な縞柄の着物に白い襷《たすき》を掛けている。

鼻筋は通っているし気っ風《きぷ》もいい。この新大橋の袂で『どんぶりうなぎ飯』の店を出している与七の人気は、月日を追うごとに大きくなっているようだ。

「忙しくてね、なかなか来られなかったんだよ」

おたつは、一服つけて煙草を吸い始める。

ふうっと吐き出した白い煙が、川風を受けて、あっという間に霧散していく。

「しかし、おたつさんは健康だよ。食欲もしっかりあるし、うちのおふくろときた日にゃあ、茶碗一杯の飯を食べるのも大変なんだから……」

与七は愚痴る。

「与七さんのおっかさんは、お前さんがいてくれて何事にも安心して暮らしているから余計な滋養は必要ないんだよ。それに比べて私は一人暮らしで金貸しだ。倒れたら手助けしてくれる者はいないんだから、少々食欲がなくても詰め込むんだよ」

「へえ、詰め込んでるの？」

与七は皮肉っぽい笑みを浮かべて聞く。

「ここのウナギは違うよ。すいすい胃の中に入って行くんだけどさ」

「それを聞いて安心だ」

「昔の話だけど、一度大病を患って寝込んだことがあったんだよ。その時、つくづく思ったね。人間の体は食物を取り込むことで成り立っている。何をどれだけ食べているか……食事が出来ないってことは、体を維持することが出来ないんだってことを、いやという程思い知らされたんだよ。だから私は、風邪を引いて味気ない時だって、とにかく食べるんだよ」

「だからだね、おたつさんは健康だ。五歳は若く見えるんじゃねえか」

おべんちゃらも板に付いた与七である。

「五歳だって……十歳と言って欲しいね。私はね、食事だけでなく、顔にシミを作らないように、皺《しわ》を深くしないように、肌を整える化粧の品には気を配っているんだから」

「あはははは」

与七は思わず大口を開けて笑ってしまった。

「何がおかしいんだよ」

おたつは、煙草の灰を灰壺の中に叩き落とした。

「ごめんごめん、その歳で可愛らしいところがあるんだなと思ったのさ。今更男を見つけて所帯を持とうという訳でもないだろうし……」

与七はにこにこ顔だ。

「馬鹿にして……お前さんも女のこと、ちっとも分かっていないんだね。だから所帯が持てないんだよ」

おたつは、言いにくいことをずばりと言った。

「おたつさん、そりゃあないぜ」

与七は口をとがらせた。

「いいかい、女がね、髪を整えたり、綺麗な着物を着たり、お化粧だってそうだけどいろいろとやってみたくなるのは、何も男たちに褒《ほ》めてもらいたい、男の気を引きたいという、それだけでやっているんじゃないんだよ。まあ、言ってみれば自分自身の満足感を得たい、そういうことなんだから、その満足感が、ちょっとした幸せに繋がるんだから……ふっふっ、女って不思議だよね」

説明しながら、おたつは笑った。

「へい、勉強させてもらいやした」

与七はそう言うと、

「はいこれ、二人前」

与七は、土産《みやげ》用のうなぎを、おたつの所に持って来た。

「ありがと」

おたつは財布を帯の間から引っ張り出してうなぎの代金を支払った。その時だった。

「おたつさん」

与七が店の外を目配せした。

菅笠《すげがさ》を被《かぶ》り、茶色の小袖に裁《た》っ付袴《つけばかま》の武士が、こちらを見ていた。

九鬼十兵衛《くきじゅうべえ》だった。ただ立っている姿からも九鬼の体からは緊張感が漂っている。

九鬼は萩野と吉次朗を常に警護してきた男だが、襲撃を受けて萩野たちを見失ってからは、おたつと連絡を取り合って二人の居場所を探索している。

「ああ、私の知り合いなんだよ。ちょっと話があってね」

おたつは立ち上がった。

「おたつさん、他にお客はいねえんだ。話は店の中で済ませたらどうなんだい……外はまだ寒いよ。ふらふらしてたら風邪を引く。あっしは、ちょいとおっかさんの顔を見てきてえんだ。昨日から風邪で臥せっていてね、四半刻で帰って来る。店番がてら頼むよ、おたつさん」

与七は言った。

母親が風邪を引いて臥せっているのは嘘ではないだろうが、おたつを気遣ってのこと。

「ありがとう、じゃ使わせてもらいますよ」

おたつは頷いて、外で待っていた九鬼十兵衛を呼び入れた。

与七は、お茶の用意までして出て行った。

「よろしいのですか」

十兵衛は、出かけて行った与七の背中を見て言った。

「大丈夫、信用の出来る人ですから。与七さんていうんですよ」

おたつは笑みを湛《たた》えてそう言ったが、次の瞬間一転して険しい顔で、

「吉次朗様はお元気でお過ごしとのこと、ほっとしたのですが……」

十兵衛の前に、鹿蔵が運んで来てくれた文を手渡した。

「以前に二人を匿ってくれていた名主の家に来た文です」

十兵衛は頷いて、緊張した顔で目を通す。

「ほっといたしました。早速御家老加納《かのう》様にお渡しします。殿もこの手紙をご覧になれば安堵《あんど》されることと思います」

おたつは頷き、

「梅之助様のご様子はいかが？」

きらりと光る目で尋ねる。

「毎月のように臥せる日がございます。来たるべき御代替りを継ぐには心許《こころもと》ない。それは上屋敷でお仕えしている者の大半が感じているところです。一刻も早く、吉次朗様にお会いして事の次第を伝え、戻ってもらわねばなりません」

「刺客がいなければ容易いことですが、事は秘密裏に行わなければなりません」

おたつは、文を運んで来た飛脚を見付け出し、経路を逆にさかのぼって発信場所を摑もうとしていることを十兵衛に伝え、

「岩五郎さんたちだけでは手が足りません。人の手を増やして、岩五郎さんと連絡を取り、一気に吉次朗様のお住まいを突き止めるよう願いたいのですが……」

十兵衛の顔に同意を求めた。

「承知いたしました。急ぎ、選《よ》りすぐりの徒目付《かちめつけ》を御家老の命で選んでいただきます」

十兵衛は一礼すると、与七の店を出て行った。

——これで決着は早まる……。

おたつは、冷えたお茶を飲み干して、大川の流れに目をやった。

七

ぼたんの店にはお客は一人もいなかった。

まだ真っ昼間ということもあるが、お客は一人減り二人減り、今や閑古鳥《かんこどり》が鳴いている。

おはるは、店を手伝ってくれているおみよという娘と二人、上がり框に腰を掛け、じっとお客を待つ日が多くなっていた。

お客もいないのに、おみよを手伝わせることは、もう難しくなっていた。

何時おみよに、その話をしようかとおはるは迷っているのだが、父親の儀三に手を取られることを考えると、ほそぼそと店をやるにしても、おみよの手助けは必要だ。

それに、おみよに渡す先月の給金も未払いのままだった。

「おみよちゃん、ご免ね。給金も滞っているのに手伝いに来てもらって」

おはるは、並んで座っているおみよに謝った。

「いいんです、私、他には行くところがないんですもの。ここにいれば御飯は頂けるんですから」

おみよは明るく笑った。

「きっと、この埋め合わせはしますから待っていて下さいね」

「おはるさん、もう少しの辛抱じゃありませんか。おじさんが元気になれば、何もかも良くなると私は思っているんです」

おみよは慰めてくれるのだ。

確かに救いは儀三が歩く訓練に熱心になったことだった。

遠出は出来ない。歩くと言っても、店の前をおはるに手を引かれて、行ったり来たりするだけだが、あれほど頑《かたく》なに病になったことを嘆き、死んだ方がましだと泣き言を言っていたことを思えば、大転換したと言ってもいい。

——仁助という人がやって来て、酷いことをするからだ。

あの男を撃退するには病に臥せっている場合じゃないとようやく悟ったようだ。

憎たらしい仁助の顔を思い出して、胸が一瞬暗くなったところに、

「儀三さんはいるかい」

その仁助が店の中に入って来た。

おはるもおみよも、思わず立ち上がっていた。

凍り付いたような二人の視線に、仁助は冷たい笑みを返すと、

「上がらせてもらうぜ」

勝手に儀三が居る部屋に向かった。

おはるは、すぐに板場に続く小部屋に入り、奥の部屋の様子に耳を立てた。

一枚の戸を隔てたその部屋には、布団の上に半身を起こしていた儀三の横に、片

膝立てた仁助が、ひらひらと掌を見せて、

「約束だ、五両、用意してあるだろうな」

儀三を睨んだ。

「仁助、この店に金があると思うのか……根こそぎおめえが脅し取っていったじゃねえか」

儀三は、はっきりとした口調で言った。これまでの儀三とは一転した態度に、

「なんだと……借りてくりゃあいいじゃねえか」

仁助は言いながら、早く金を出せと掌をひらひらと振る。

「質草がねえ、誰も貸してはくれねえよ。帰りな、おめえに渡す金など一文もねえ！」

儀三はドスの利いた声で言った。

「なんだと……も、もういっぺん言ってみろ」

仁助は動揺した声を上げ、儀三の胸ぐらを摑んだ。

だが、次の瞬間、仁助は儀三を摑んでいた手を放して両手を挙げた。

儀三の手には、匕首《あいくち》が握られている。その切っ先を仁助の胸にピタリと当てている

るのだ。

「冗談か……俺に逆らおうっていうのか」

仁助は、両手を挙げたまま立ち上がる。

すると、儀三も布団の横に置いてあった杖《つえ》の棒《ぼう》を頼りにして立ち上がった。射抜くような視線を仁助に向けて、その手には、しっかりと匕首が握られている。

「止《よ》せ、止めろ……」

仁助は後ずさる。すると儀三が、覚束《おぼつか》ない足で、ぐいと仁助に迫っていく。

「お前はまた来る。今度やって来たら、この手でお前の心《しん》の臓《ぞう》を刺してやる。わしは毎日足を鍛えていたんだぜ……これ以上、お前に好きなようにはさせねえ」

儀三は斬りかかった。

「うわっ」

仁助が飛び退《の》いたその時だった、

「おとっつぁん、止めて！」

おはるが飛び込んで来た。

「おはる、あぶねえ！」

儀三が叫ぶより早く、仁助がおはるの首に腕を巻き付けていた。

「刺せるもんなら刺してみな。その刃は娘の胸を突くことになるぜ」

仁助は、おはるを抱えるようにして後ずさりする。

「ううっ」

儀三は、目を真っ赤にして睨み付けたもののなす術がない。匕首を持つ手が怒りで震えている。

「その匕首を放せ、でないとおはるの首を絞めるぜ」

仁助は追い打ちを掛ける。

儀三はついに、匕首を投げ捨てた。そして、がくりと跪《ひざまず》く。

「おはる、おめえの本当の父親を殺したのは、目の前にいる儀三だぜ。おめえは父親を殺した男に育てられたんだ」

仁助はそう言うと、おはるを突き放し、脱兎《だっと》のごとく店を出て行った。

「お、おっとっつぁん……今あの男が言ったことは本当なんですか」

おはるは、よろよろと儀三に近づいた。

「ううっ」

儀三は俯《うつむ》いたまま、顔を上げようともしない。

「本当のことを言って、おとっつぁん……何があったの……何故、私の本当の父親を殺したんですか……」

おはるは、儀三の肩を摑んだ。

「あの男の言ったことは、本当なの……嘘なの……」

儀三の体を強い力でおはるはゆすった。

「す、すまねえ……おめえの父親を殺したのは、このわしだ」

「おとっつぁん！」

おはるは、茫然自失《ぼうぜんじしつ》の顔でそこにぺたりと座り込んだ。

儀三は、顔を上げると、

「だがな、おはる、あれは思いがけないことだったんだ。話を聞いてくれ」

おはるに哀しげな目で訴える。

だがおはるは、冷たい視線を送るばかりだ。話を聞く余裕などなかった。本当の父、この父が殺した……それを聞いただけで頭がまっ白になっていた。呆けたように立ちつくすおはるに、

「おはる」

膝一つおはるの方に進めると、

「来ないで……」

おはるは叫んで、

「思いがけないことだったのなら、なぜこれまで話してくれなかったの……私は、私はずっとおとっつぁんに騙されていたんですね……私は、血が繋がっていなくても、これこそ本当の親子だと思っていたのに……」

激しい口調で、おはるは儀三を問い詰める。一瞬にして親子の絆《きずな》が真っ二つに切れたように感じた。

おはるは、失望した顔で後ずさりし、そして部屋の外に出た。

「おはる！」

儀三の声が聞こえたが、おはるは振り向かない。

「おはるさん……」

おはるの険しい形相《ぎょうそう》に驚いたおみよが声を掛けるが、おはるは言葉も交わさずに店の外に走り出た。

燭台《しょくだい》の蠟燭《ろうそく》の火が燃えている。

おたつは、その光を受けて大福帳《だいふくちょう》にある顧客の名と貸借の状況を確かめていた。長屋の住人なら部屋の灯《あか》りは行灯《あんどん》とまず決まっているのだが、おたつは奥女中をしていた女だ。長屋に移ってくる時に、お気に入りの燭台一台を持参して来ていた。

本を読むにしても、何かの手作業をするにしても、灯りが細くては、おたつの年齢では見えにくい。

行灯では火を強くしたところで難しいのだ。燭台に載せた百目蠟燭であっても十分ではないのだが、気になることがあれば、すぐにでも確かめておきたいのがおたつの性分だ。

吉次朗を捜すための目くらましで小金貸しのおたつを名乗って長屋に暮らし始めたのだが、いざ小金貸しを始めてみると、これまで知らなかった人々の様々な苦しみを身を以《もっ》て知ることになり、容赦なく取り立てることに迷いが生じることもあるのだ。

今日もお客一人一人の事情を考えてやっているうちに、明日を待たずに、その者たちの返済状況を確かめたくなったのだ。

思案顔のおたつの耳に、戸を叩く音が聞こえた。

おたつは、不審な顔を上げて、戸口の方に顔を向けた。

だが、しんとしている。空耳だったのかと、大福帳に視線を落としたが、今度は、

「おたつさん……おたつさん」

表でおたつを呼ぶ声がする。小さくて震えているような声だ。

「誰だい……」

おたつは大福帳から顔を上げると、立ち上がって土間に下りた。

「どなたですか……」

おたつは、戸に耳を近づけてもう一度訊く。

「おはるです」

不安げな声が返って来た。その声に異常を感じたおたつは、

「ちょっと待って」

慌てて心張《しんば》り棒《ぼう》を外して戸を開ける。

倒れ込むようにおはるが入って来た。乱れた髪が頬に落ちていて、顔は蒼白だ。

「いったい、どうしたんだい？」

「すみません、私もう、ここしか行くところがなくて……」

泣きはらした目で、今にも崩れ落ちそうな様子である。

「上におあがり、さあ……」

おたつはおはるの肩に手を回すようにして畳の部屋に上げた。

おはるはおたつに勧められて部屋に上がるや、泣き崩れた。

「何があったんだい……まさか、おとっつぁんの容体が悪くなったんじゃないだろうね」

おたつの問いかけに、おはるは激しく首を横に振り、

「おとっつぁんは……おとっつぁんは私の実の父親を殺した人だってことが分かったんです！」

「まさか……」

おたつは仰天《ぎょうてん》した。

儀三は少々頑固で融通の利かない男だということは、口数の少ないむさ苦しい顔からも納得出来るが、人を殺《あや》めるようにはとても見えない。

「仁助という人がまたやって来たんですが……」

おたつは頷く。予測していたことだ。

「いつもの通り、勝手におとっつぁんの部屋に上がりました。そして約束の五両の金を用意したかと、おとっつぁんを脅したんです。そしたらおとっつぁんは、お前に渡す金など一文もない、そう言い返しました。仁助はおとっつぁんの胸ぐらを締め上げました。すると、おとっつぁんは布団の中に隠し持っていた匕首を出し、今度は逆に仁助を脅したんです。それで仁助は私を人質に取り、おとっつぁんに匕首を投げ捨てさせ、逃げようとしたのですが、五両の金を手に入れられないばかりか、命まで狙われたことに腹を立て、私に、お前の実の父親を殺したのは儀三だって言ったんです……おめえは父親を殺した男に育てられたんだって……」

おはるの話を、おたつは黙って聞いていたが、

「儀三さんは、なんと言ったんだい……その話、認めたのかい？」

まだ混乱を来《きた》しているおはるに訊いた。

「認めました。私の実の父親を殺してしまったんだと……」

「信じられない話ですね」

おたつは言った。

「私も信じられませんでした。だって今までおとっつぁんはこれっぽっちも、私の父親の話はしなかったんです。ただ母親の話は、何度かしてくれたことがありました。心根の優しい女《ひと》だったって……その母親が病で寝付いてしまって、明日をも知れぬ命となった時に、昔なじみだったおとっつぁんに、私のことを託したのだと……でも、私の実の両親とおとっつぁんの関係は、そんな単純な話ではなかったんです……」

おはるの目には、また涙が溢《あふ》れ出る。

おたつは黙っておはるの手を握ってやった。そして、

「おはるさん、儀三さんは、おはるさんの実の父を殺したのは、思いがけないことだったんだと言ったんですね」

おはるに念を押す。

「はい」

おはるが頷くのを見て、

「思いがけないこととは、どういうことなのか、儀三さんに訊いたんだね」

「いえ……」

おはるは首を振ると、

「恐ろしくて訊けませんでした。店にいるのも辛くって、出て来たんです」

哀しそうな顔で、おたつを見た。

「でも、おとっつぁんのことも気になる？」

おたつの問いかけに、おはるは頷く。

うなだれたおはる。おはるを見詰めるおたつ。二人の耳に、夜の五ツ（午後八時頃）の鐘の音が聞こえて来る。

その鐘の音が鳴り終わってまもなく、おたつは立ち上がった。

「儀三さんの様子を見て来るよ」

八

おたつは、弥之助に提灯《ちょうちん》を持たせて長屋を出た。

月の光は薄く足元は覚束なかったが、商家の軒行灯の光をも頼って、おたつは足を急がせた。

「明日じゃあ駄目だったのかい」

事情を知らない弥之助は、おたつの足元を気遣ったが、

「黙って、早く」

逆に弥之助を促してどんどん歩く。

おたつはおはるの話を聞き終わると、ふっと胸に不安が膨れ上がったのだ。

果たして、おたつの心配は当たっていた。

ぼたんの店の前までたどり着くと、店の中から、おみよに送られて医者と思える爺さんが出て来たのだ。

「一日二日が山だな……」

もつれた口調で爺さん医者はそう告げると、おみよに提灯を持たされて、ゆらゆらと帰って行った。

「儀三さんが、どうかしたのかい?」

おたつが訊くと、おみよは頷き、

「匕首で喉を突こうとしたんです。おはるさんが泣きながら店を出て行ったもので

すから、おじさんは大丈夫だろうかと様子を見るために部屋に入ったんです。そしたら丁度その時、匕首を握っていて首を切ろうとしていたところでした。私はびっくりして、無我夢中で飛びかかって止めました。おじさんが元気な人だったなら止めることは難しかったと思います。なんとか喉を切らずに助かりましたが、肩にぐさりと刺さってしまって……」

おたつはそこまで聞いて仰天し、

「すまないが弥之助さん、引き返しておはるさんに伝えてくれないかい。すぐにここに帰って来るようにね」

弥之助にそう告げると、おたつは儀三の部屋に走り込んだ。

「！……」

儀三は弱り切った目で、天井を見詰めていた。おたつが入って来たのも気づかないのか顔も向けない。

「儀三さん……」

おたつは歩み寄ると、儀三の枕元に座った。

「死にそびれちまったようだ」

儀三が小さな声で言った。意識はしっかりしているようだ。

「馬鹿だねえ、死んでどうするんだね。命は神仏《しんぶつ》がくれてるんだよ。自分から絶つなんてことはしちゃあいけない。しぶとく生きなくてどうするんだよ。仁助のことが決着すれば、おはるさんとの元の暮らしが待ってるんじゃないか」

おたつの慰《なぐさ》めに、儀三の唇が微かに動いたが、すぐに哀しげな顔になって、

「いいや、もう終わった。おはるもいなくなった」

「心配しなくていい、おはるさんは、うちにいるから……疲れ切った顔でやって来たんだよ」

おたつが伝えると、儀三の目に涙が膨れ上がった。

「話はおはるさんから聞きました。儀三さんが元気なら、思いがけないことがあったというその中身を訊かなければとやって来たんですよ。そうでなくては元の親子には戻れないじゃないか……でも、まさかこんなことになっているなんて……」

おたつは、儀三の痛々しい姿を見渡して、

「早く傷が治って元気になるように、明日は何か滋養のつくものを持って来てあげるから」

おたつは言いながら、先ほど帰って行った爺さん医者の言葉が胸の中に張り付いているのだった。

「もう駄目だ、自分の身体だ、分かっている」

儀三はぼそりと言う。

「儀三さん、弱音は聞きたくないね」

「おたつさん、すまねえ。あっしの最後だ。ひとつ頼みたいことがあるんだが頼まれてくれるかね」

儀三は、ゆっくりと首を回して、おたつの顔を見た。真剣で濁《にご》りのないまっすぐな視線を向けた。

おたつは頷いた。日を改めようと助言しても、儀三の意志は変わるとは思えなかったからだ。それほど儀三の視線には、強いものがあった。

「あっしと、おはるの父親についてだ。誰にも言わずに死のうと思ったが、おたつさんが来てくれたんだ。話しておきたい」

儀三は、よわよわしいしゃがれ声で語り始めた。

「あっしと、おはるの父親の禎次郎《ていじろう》と、あの仁助とは、幼い頃からの遊び仲間だったんでさ……」

三人とも信濃の城下の村の生まれで、貧しい農家の次男三男だった。共に家を継ぐ身分ではなく、三人は遊ぶ金欲しさに悪さも一緒にやっていた仲間だった。

町の繁華な場所に遊びに出た時には、遊ぶ金を作るために、三人は人の懐を狙ったこともあった。

やがて禎次郎は大工になるために弟子入りした。仁助は相も変わらず遊び人のその日暮らしだった。そして儀三は信濃の木綿の売買に携わるようになっていた。

儀三は、木綿の仲買人として一人前になることを夢見ていた。

その胸のうちでは、同じ村に住む、おなつという娘を娶《めと》りたいと考えたからだ。女房を養えるだけの職につかなければ、所帯など持てない。

儀三は、おなつに会って自分の心を伝え、しばらく待ってくれるよう話した。

おなつはその時、笑顔で頷いてくれたのだ。

儀三は約束のしるしに、白い梅の花三輪を散らした素朴な柘植《つげ》の櫛《くし》をおなつに渡した。

「きれい……梅の香りが漂ってくるような気がします。大切に使います」

おなつはそう言って、喜んでくれたのである。

そのおなつの髷《まげ》に、儀三は柘植の櫛を挿《さ》してやった。恥ずかしそうな笑みを見せるおなつに、

「似合うよ、おなつちゃん」

そう言って互いの息が触れる程に見つめ合ったのだった。

いっそおなつを押し倒し、唇を奪いたい。そんな衝動に駆られたが、儀三はぐっと我慢した。

いずれ自分の女房になるのだという、妙な自信があったからだ。

ところが、まもなくのことだった。禎次郎がおなつを女房にしたという噂を聞いた。

質の良い木綿を探して村回りしていた儀三だったが、半信半疑で自分の村に帰ってみると、噂は本当だったと知ったのだ。

「おめえが手をこまねいているからいけねえんだ。禎《てい》の奴は、ずっと前からおなつさんにほの字だったんだぜ。だからおめえのいない間に、おなつさんを我が物にし

たって訳さ。むろん力尽くだ。女は一度そういう目に遭うと弱《よえ》えからな」

仁助に確かめると、そう言って笑われたのだ。

――仁助も組んでいる……。

裏切られた思いだったが、後の祭りだった。

その時に儀三がどれほど打ちのめされたか、今でも言いあらわすことは出来ない。

やがて一年が過ぎ、おなつが女の子を産んだことも、仁助から聞いて知った。

それからの儀三は、おなつや禎次郎の噂には耳を塞《ふさ》いで暮らしていた。

ただひとつ、儀三は禎次郎に負けない稼業を打ち立てること、それに力を注いでいた。

自分と所帯を持たなかった浅はかさを、おなつに思い知らせる意味もあった。むろん禎次郎への怒りは当然だ。

ところがそれから四年が過ぎた頃、儀三はおなつが臥せっていることを知った。

しかもその原因が、亭主の禎次郎にあるというのだ。

禎次郎が家を顧《かえり》みないようになってしまって、おなつは子育てをしながら働きにも出て、その苦労がたたって病になったのだという話だった。

禎次郎は悪所通いをするようになっている。女を囲っている。暮らしの銭をおなつには渡していない。そんな噂を重ねて聞くようになっていた。

儀三がおなつに裏切られてから六年近くの歳月が流れている。

その六年近くの間に、儀三は一度もおなつに会ってはいなかった。

だが、かつて女房にしたいと願った女が不幸のどん底にいると聞いて、儀三の心は激しく動揺していた。

それまでの儀三は、自分を袖にした女なんぞに二度と会うものかという男としてのけじめがあった。

しかし、おなつの身体が相当良くないらしいと聞くようになってからは、せめて一度会って慰めてやりたいと切実に思うようになっていった。

儀三は木綿の買い付けを終えて村に帰って来た日に、おなつを見舞いに行く決心をした。

おなつたち夫婦は、町の長屋で暮らしていることは知っていた。かつて心の中で熱烈に想った女だが人の女房だ。見舞いの品の卵を持って、儀三はおそるおそる訪ねてみた。禎次郎に会うのではないかという心配があったのだ。

長屋の井戸端《いどばた》にいた女二人に、自分はおなつ夫婦の幼なじみで、おなつが臥せっているると聞いて見舞いに来たのだがと告げると、女二人は禎次郎は留守だと言った。

儀三は内心ほっとした。すると女二人は、儀三が幼なじみだと言ったことから、お前さんからご亭主に言ってやってくれないかと、禎次郎の不貞《ふてい》や、おなつに対する冷たい仕打ちなどを、怒りを込めた声で言った。

長屋の女たちの話によれば、禎次郎はおなつの病が治る見込みのない胸の病だと知ると、娘のおはるをおなつの老いた母親に預け、自分も寄りつかなくなったのだという。

おなつの食事は、長屋の者たちが見るに見かねて運んでいるというのであった。

儀三はいたたまれない気持ちで、おなつが臥せる長屋の中に入った。

おなつは痩せ細った青い顔で眠っていた。

生きているのか死んでいるのか、分かりづらいほどの細い息づかいだった。

家の中は冷え冷えとして、おなつがここでどんなに苦労をしてきたのか察せられて、儀三は胸が締め付けられた。

「おなつさん……」

儀三は部屋に上がって声を掛けた。同時に、おなつの頭を見て、あっとなった。儀三があげた、あの柘植の櫛――白い梅の花三輪を散らした思い出の櫛を、おなつは髪に挿していたからだ。

――おなつ……。

儀三は涙が溢れそうになったが、それを喉の奥に押し込んで、もう一度おなつの名を呼んだ。

するとおなつは、うっすらと目を開け、ゆっくりと首を回して、儀三が枕元に居ることに気づいた。

おなつは、言葉を失ったように、黙って儀三を見た。熱い視線だった。

「ごめんなさい……」

儀三を見詰めていたおなつの双眸《そうぼう》から涙がこぼれ落ちた。

「いいんだ、もう終わったことだ。それより、早く元気になるんだ。今日は卵を持って来たから、滋養をつけて……」

儀三とおなつの視線が絡み合ったその時、がらりと戸が開いて、人が入って来た。

「儀三じゃねえか」

貞次郎が帰って来たのだった。酒臭い臭《にお》いを振りまきながら、禎次郎は部屋に上がって来た。

「おなつさんの具合が良くねえと聞いたもんだからな。禎次郎、おなつさんを大事にしてやってくれ」

立ち上がって帰ろうとした儀三に、

「余計なお世話だ！」

禎次郎は、憎々しげに言った。

「何……」

儀三は怒りの目で禎次郎を見た。

「そうだろう……亭主の留守に見舞いってか……お前の女じゃねえんだよ」

この言葉に、儀三はむっとして険しい顔で言った。

「禎次郎、酔っているな。これ以上おなつさんを苦しめるんじゃねえ」

「この野郎！」

禎次郎がいきなり儀三の頬を拳骨《げんこつ》で殴った。

「目を覚ませ！」

儀三も一発殴り返すと、土間に下りた。

「待て！」

禎次郎は外に出ようとする儀三を追っかけて土間に飛び下り、儀三の肩を摑んだ。

儀三はその手を振り払うと、禎次郎を突き飛ばした。

禎次郎は酔っ払っていた。儀三の力には敵《かな》わない。よろけて、踏ん張ろうとした時に、土間に置いてあったおなつの下駄に足をとられた。次の瞬間仰向けに転倒し、上がり框に後頭部を打ちつけて、そのまま物言わぬ人となったのだった。

儀三は番屋に急遽《きゆうきよ》届けた。丁度番屋にいた金沢という同心がやって来て禎次郎の死を確認、儀三とおなつに事情を訊いた。

儀三もおなつも、禎次郎は下駄に足を取られて転倒したと伝えた。口論があったこと、儀三が突き飛ばしたために転倒したことは伝えなかった。あくまで禎次郎自身が転倒したと伝えたのだ。

儀三は殺すつもりはなかったし、不可抗力だと思っていた。

またおなつも、儀三が罪を負うことのないよう、証言には注意して答えていた。

同心は二人の話を聞いたのち、念のために医者を呼んで検視させた。

医者の診立てでは、禎次郎の死の原因は、ひとつには深酒、もうひとつには、転倒した時に受けた衝撃、このふたつが卒中を起こしたのだろうということだった。

儀三は罪に問われることはなかった。儀三は胸を撫で下ろした。

しかし、いったんは厄《やく》を逃れてほっとしたものの、日が経つにつれ、自分が突き飛ばさなかったら卒中を起こすことはなかったに違いないと悩むことになった。

――やはり、自分が突き飛ばしたことで禎次郎は死んだのだ……。

自分は友を殺したのだと悶々《もんもん》とすること半月、おなつが住む長屋の者から伝言を受けた。

おなつの容体は悪くなっているのだが、お前さんに頼みたいことがあるらしい、一度見舞ってやってほしいというのであった。

急ぎ駆けつけると、おなつは息も絶え絶えで、おはるを育ててほしいと懇願したのである。

おなつの母親は高齢だった。しかも身体が弱く、おはるが独り立ち出来るまで育てるのは無理だと思ったようだ。

儀三は、おなつに大きく頷いてやった。ほっとした顔で、おなつが亡くなったのは翌日のことだった。

葬儀をすませた儀三は、おはるを引き取り、故郷を後にして江戸に出て来たというのであった。

「国元での様々な出来事を、おはるの耳に入れたくなかったんでさ。あっしも国元で暮らすのは辛くなっていた。一からやりなおしたい、それで江戸に出て来たんだが、仁助が現れて、おまえが禎を殺したんだろうと……それで、仁助に脅されるがままに銭を渡していたんでございやす。おたつさん、そういう事情だったんでございやすよ」

すべてを話し終えた儀三は、ふうっと大きく息をついて、力尽きたように目を閉じた。

「おとっつぁん……」

おはるが弥之助と部屋に入って来た。

「弥之助さん、しばらく儀三さんを見ていてくれないかい」

おたつは、枕元の座を弥之助に渡して、おはるを促して店の方に移った。

「そこにお座り」

おたつは、おはると向かい合って座らせた。

店番をしているおみよが気を利かして、すぐにお茶を運んで来た。

「すまないねえ、今日は長屋に帰れなくなったんだね」

おたつが労《ねぎら》うと、

「いいんです。私、おじさんには可愛がってもらいましたから、お手伝いさせて下さい」

おみよはそう言って、ちらとおはるを見てから、

「おはるさんが飛び出して行ったあとで、私、おじさんの様子が気になって部屋に行ったんです。あの時、少しでも部屋に入るのが遅かったら、おじさんは喉を切って死んでいたかもしれません」

おみよは、儀三が死のうとした時の、切羽詰まった顛末《てんまつ》を伝え、

「私が匕首を取り上げると、おじさんはがっくりと肩を落として、こんな身体になっちまって、これ以上おはるに迷惑はかけられねえんだ。わしが居なくなれば、あいつも、仁助もここに脅しに来ることはねえ。そう言って目を真っ赤にしていまし

た」

おみよは儀三の様子を涙声で伝えると、前垂れで目頭を押さえて板場に走って行った。

「……」

おはるは俯いている。

おたつは、お茶で喉を潤すと、儀三から聞いた話を伝えてやった。

おはるは、おたつの長い話を、ただ黙って終始俯いて聞いていた。

おたつが話を終えても、まだどこかを彷徨《ほうこう》しているような、迷い人の顔をしていたが、おたつが、

「儀三さんから聞いた話を、お前さんがどう受け止めようが、私がとやかく言う筋じゃない、だがね、私は儀三さんが嘘偽りを言っていたとはとても思えない。儀三さんの傷は、喉は切らなかったが重傷だ。医者もここ一日二日が勝負だと言っている。安静にしていなければならないこの時に、儀三さんは危険を冒して話してくれたんだ。儀三さんは自分の命が今どのような状態なのか知っている。知っているからこそ、この私に話しておこうと思ったんだ。自分の命よりも真実を伝えておきた

い、そういう思いがあったんだよ。誰のために……おはるさん、お前さんのためにだよ」

ぴくりと、おはるの身体が動いた。おたつはそれを見て話を続けた。

「先ほど話したように、儀三さんと、お前さんのおっかさんは二世《にせ》を約束していたんだ。その人が不治の病に冒されていると知って、せめてひとめ見舞って励ましてやりたい、そう考えて儀三さんは長屋に行ったんだ。あんたの実の父親禎次郎さんと喧嘩《けんか》するために行ったんじゃない。ところが禎次郎さんが酔っ払って帰って来たんだ。しかも儀三さんに喧嘩をふっかけて来た。儀三さんにとっては、文字通り、この時の出来事は――思いがけない出来事――だったに違いないんだ」

おはるは今度は頷いている。

だが、おたつの言葉に対する自分の気持ちを述べることはなかった。しばらくして顔を上げると、おはるは自分の髷に挿している櫛を抜いておたつに見せた。

柘植の櫛で、白梅三輪を散らした、美しい櫛だった。

「おとっつぁんが私に、お前のおっかさんの形見だと言って渡してくれたものです」

しみじみと言った。

おたつは手に取って眺めた。

おなつが使い、おはるが使っているその櫛は、月日を経て、木地がつやつやと光っている。

「お代わりを……」

おみよは急須を手にやって来ると、湯飲みにお茶を注ぎながら、

「その櫛、綺麗ですね……私ずっと、おはるさんのその櫛、いいなあって、見ていたんです。おはるさんは、おっかさんに守られている。羨ましいなって……」

おみよは言って、板場に引き返そうとしたが、

「そうそう、おじさんはこんなことを言っていましたよ。わしはこの店に大勢のお客がやって来て、楽しい酒を飲みながら過ごしてほしかったが、もうそれは叶わねえ。これからはおはると、おはるが好いた男にこの店を託したいと……おじさんは、仲次さんのことも知っていたんです」

おみよはそう告げて、おはるに笑みを送ると、また板場に引き返して行った。

「いい娘《こ》だね、おみよさんは……」

おたつは、おはるの手に櫛を返した。そしておはるに言った。

「おはるさん、すっきりしないかもしれないが、儀三さんはあんたのことを、目の中に入れても痛くないと思っているんだ。この一日二日、いや元気になるまで側についてやってほしいんだよ」

「ええ、分かっています」

おはるはしばらくしてそう言った。

ようやく、少しずつではあるが、心の中の混乱がおさまって来ているようだ。

「私、ここに弥之助さんと戻って来る時、弥之助さんが下げる提灯の光を見詰めているうちに、昔、おとっつぁんにだだをこねて困らせたことを思い出していました……」

小さな声だが、そう告げた。そして、

「あれは、私が十歳の時だったと思います。私は夕食のあとで飴《あめ》が欲しくなってだだをこねました。今食べたい、今じゃなきゃだめだと……」

おたつは苦笑して見詰めている。おはるはその視線を受けながら話をした。

儀三はその頃、日傭取で力仕事に毎日出ていた。

いつも疲れ切って帰って来た。それでも夕食は儀三が作ってくれていたのだ。

だが昼間、ひとりぽっちで過ごしているおはるは、儀三にほったらかしにされているようで不満があったのだ。

その不満が、突然飴を欲しいなどというだだをこねることになったのだ。

儀三は、明日買って来てやるから今日は休もうとおはるの我が儘をおさめようとしたのだが、おはるは頑として聞かず泣き出してしまった。

既に飴屋は店を閉めているのは分かっている。儀三もおはるだって知っている。

だがおはるは、日々の寂しさを無理を言うことで発散させていたに違いない。

「分かった、一緒に飴屋に行こう」

儀三はついにおはるに折れて、提灯に火を入れ、おはるの手を引いて表通りの飴屋に向かった。

人通りは見えなかった。闇に儀三が持つ提灯が揺れ、二人の足音だけがその闇に響くのを、おはるは胸に刻みながら歩いたのだった。

だが、やはり飴屋は留守だった。儀三はそれをおはるに確かめさせてから、

「明日は必ず買いに来よう」

おはるの頭を撫でた。

おはるは泣き出した。飴が買えなくて泣いたのか、父親の優しさに泣いたのか、今思うと分からないが、切なくて泣いたことは覚えている。

儀三は泣きじゃくるおはるに、しゃがんで背中を見せ、

「おんぶしてやろう」

優しい声で言った。

おはるは、儀三の背中に身体を乗せた。

ぐんっと強い力で儀三はおはるを背中に背負うと、また提灯を片手に提げ、もうひとつの手はおはるのお尻を支えて、ゆっくりと闇を歩いて長屋に戻ったのだ。

「おとっつぁんの背中は温かくて……私忘れたことはありません。おとっつぁんは、自分の何もかもを捨てて、私を育ててくれたのです。それは分かっています」

おはるは、おたつの顔を見た。

おたつは頷くと、おはるが膝の上に重ねている手の甲をぽんぽんと叩いて言った。

「伸次さんに来てもらうといい。おはるさんのいい人なんだろ。あの男はきっとおはるさんを支えてくれる筈だよ。じゃあ、私はこれで長屋に戻るから、何かあった

ら遠慮なく知らせておくれ」

九

トキが朝の夜明けを告げる声を高らかに上げている。

「わお〜ん、わん！」

おたつは、その声に気づいて、はっと飛び起きた。

昨夜儀三の怪我を見舞って帰って来たが、床についても親子の絆の行く末を案じて眠れなかったのである。

若い時なら布団に身体を横たえれば、瞬く間に眠りに落ちたが、この歳になると、あれやこれや考えているうちに、ますます頭の中は冴え、眠れなくなるのだ。

ましてこのたびは、儀三おはる親子には、切羽詰まった深刻な問題が顕《あらわ》れてしまっている。おたつにしたって、安穏として見ていられる状態ではない。

おたつは慌てて着物を整えると、外で待っているお客を呼び入れた。そして、てきぱきと捌くと、とぐろを巻くように横になり、顔を埋めてまだ眠りこけているト

キに、

「出かけて来るからね。怪しい者が銭を狙って家の中に入ろうとした時には、寝てる場合じゃないよ、遠慮なんかいらない、おもいっきり嚙みつくんだ」

トキに言い聞かせた。

「わん！」

ふいに声を掛けられて目を開け、首だけ上げて返事をしたが、すぐにとぐろを巻いた中に顔を埋めて目を閉じてしまった。うたたねを続けるつもりのようだ。

「まったく、しっかり頼むよ」

おたつは独りごちて家を出た。

行き先は居酒屋おかめ、岩五郎の女房おしながやっている店である。

おたつの長屋からはさしたる距離にある訳ではない。おたつは足を急がせて汐見橋東袂にたどり着いた。

丁度外から岩五郎が帰って来て、店の中に入ろうとしたところだった。

「岩さん」

おたつが呼びかけると、

「あっ、丁度良かった。これからおたつさんの所に行こうかと思っていたところでさ」

岩五郎はそう言っておたつを店の中に迎え入れると、

「おい、羊羹《ようかん》があっただろ」

板場にいる女房のおしなに呼びかける。

「いいんだよ、気を遣わないで」

おたつは笑って言ったが、

「伊勢屋《いせや》の番頭さんから頂いたものなんだ。十手持ちではなくなったが、まだ頼って下さる商家はありやしてね。まっ、おたつさんは御大名の奥を取り仕切っていたお方だ、美味しい物には目が肥えていなさるとは思いやすが……」

岩五郎はひとの良い顔で言った。

「そのような暮らしは一昔前の話ですよ。今は長屋で暮らす小金貸しの婆さん、珍しいお菓子など、とんとお目にかかれなくてね」

「しかし思い切ったことをなさったものだ」

岩五郎はおたつをまじまじと見て、

「いやいや尊敬しますよ、おたつさんを。なんてったって、主家のために身分を捨て、野に下り、危険を冒して吉次朗様をお捜しになっているんですからね」

岩五郎が感心しきりのところに、

「お待たせいたしました」

女房のおしなが、羊羹とお茶を運んで来た。

「おいしい、これは日本橋の嵯峨《さが》屋さんの品だね」

おたつは一切れ口に入れると、製造元の名を挙げた。

「流石です、大当たりです……」

おしなは言って、にこりと笑みをおたつに返すと、板場に引き上げて行った。

「で、おたつさんの御用は……吉次朗様のことですかい？」

岩五郎は、がらりと表情を変えて訊いた。

「いえ、ぼたんの店の親子を脅しに来る仁助のことです」

「それ、そのことであっしも、おたつさんに会わなくちゃと思っていたんですよ。ちょいと、これを見て下さい」

岩五郎は懐から人相を書いた紙を取り出して、おたつの前に置いた。

「先だっておたつさんに、小金貸しの爺さんが殺された話をしやしたが、殺された晩に、爺さんの家から走り出て来た男がいたと届けてきた者がおりやしてね」

「この男が、小金貸しの爺さんを殺したと……」

おたつは言いながら、人相書きをじっと見詰める。

紙に描かれている人相は、眉毛の濃い、鋭い目付きの男だった。

岩五郎は、人相の絵を首を傾《かし》げて見ているおたつを見ながら、

「そういうことです。小金貸しの爺さんの住まいは、神田佐久間町でございやして……」

「ちょっと待った、この顔、ぼたんの店の親子を脅している、仁助って男に良く似ています。仁助も神田佐久間町の裏店に住んでいます」

おたつは言って顔を上げた。

「やっぱりそうですかい。あっしも、この間話を聞いておりやしたからね、ちょっと気になって、おたつさんに確かめてみようと思ったんでさ」

「あの男ならやりかねない、仁助は岩五郎さんも噂で耳にしていると思いますが、岡っ引の助五郎に銭金《ぜにかね》を巻き上げられているようですからね。なぜ仁助が助五郎に

脅されているのか分かりませんが、仁助も追いつめられているようで、昨日大変なことが起きましてね」

おたつは、昨夜のぼたんの店での親子の様子を、自分が知る限りのことを岩五郎に話した。

岩五郎は、じっと聞いていたが、

「相当な悪党だな、仁助って野郎は……まっ、そんな奴が長く悪事を働くことは出来ねえ。きっとお縄が掛けられるに違《ちげ》えねえ。仁助と助五郎との繋がりもそうだが、今この人相書きをもとにして、一人一人当たっているところでした」

自信ありげに言った。

「それと、ひとつ教えて欲しいんですが、先ほども話したように、儀三さんは禎次郎って男が死んだのを、自分のせいだったのではないかと考えることもあって心が苦しいと言っていましたが、医者も卒中と診断していることですし……」

「心配することじゃねえ」

岩五郎は、きっぱりと言った。

「医者が証明しているんだ。同じような事故があって医者に検分してもらったことがあっしもありやす。その時医者は、突き飛ばしたぐらいで卒中にはならねえと言っていやしたからね。もとからその兆候があったに違えねえんだって」

おたつは頷き、

「これで、親子のわだかまりも解ける筈……」

ほっとして、おたつは残りのお茶を飲み干した。

おはるは夕べから、一睡もせずに儀三の枕元に座っている。

昨日おたつが見舞いに来てくれた時には、一度目を覚まし、おたつの話を聞いていた。それがまったく反応がなくなったのだ。

――昨日のように目を開けて、おとっつぁん……。

おはるは、昨日おたつがやって来た時のことを思い出している。

おたつは、儀三が目を覚ましたというおはるの知らせに、すぐに飛んで来てくれたのだった。

そして、ぼんやりと天井を見詰めている儀三の枕元に座ると、儀三の耳元にこう言ったのだ。

「儀三さん、おたつですよ。お知らせしたいことがあってやって来ました。儀三さんは禎次郎さんが亡くなった原因が、自分にもあったんじゃないかと苦しんでいると聞いたから、私、御奉行所に関わりのある人に聞いてみたんだよ。当時の様子を説明してね。そしたら、医者が卒中と診断しているんだから、何も儀三さんが悩む必要はないって言ってましたよ」

するとと儀三は、

「うう、うう……」

それまで声を上げなかったのに、嬉しそうな声を上げたのだった。

おたつはその様子を見て、微笑みながら更に言葉を添えた。

「まったく、お前さんも心配性で世話が焼けるよ。いいかい、考えてもごらんよ。お前さんも卒中で倒れて中風になったんじゃないか。お医者の道喜先生も言ってたけど、この病は医者でもまだ分からないことがいっぱいあって防ぐのは難しいって……お前さん、そんなことは自分の身体で分かってるんじゃないのかね。予告もなく突然倒れてしまう病だってね。もうね、そういうことだから、これからは考えすぎて苦しむなんてことは止めて、元気になることだけを考えるんだよ……いいね」

すると儀三は、おたつに顔を向けて、じっと見て、

「あ、あり、あり……」

ありがとうと言いたいようだ。

おたつは頷いてやった。そして今度はおはるに向いて、

「そういうことなんだよ、おはるさん」

おたつは言った。

おはるは、こくりと頷いた。そしておはるも儀三の耳元に、

「おとっつぁん、ごめんなさい。私、つい動転して、はやとちりして、おとっつぁんを追い詰めてしまいました。おたつさんのおっしゃる通りです。私はおとっつぁんがどんな人なのか良く分かっています。誰よりも分かっています。おとっつぁんが自分の人生のすべてを、私のために……」

おはるは言葉を詰まらせた。だが、すぐに胸の内から押し寄せるものを呑《の》み込むと、

「私のために、自分の人生すべてをかけて、育ててくれました。おとっつぁん、小さい頃に、飴を食べたいと私がだだをこねて、おとっつぁんを困らせたことがあり

ました……」

するとお儀三は、この時、かすかに遠くを見るような目をして、笑みを漏らしたのだ。幸せそうな笑みを――。

おはるは必死に儀三に自分の気持ちを伝える。

「あの時、おとっつぁんは私をおんぶしてくれました。おとっつぁんの温かい背中、私、忘れていませんから……私、あれからなんども、なんども思い出して、おとっつぁんが大好きで……だから私、おっかさんがいなくても、こうして、ちゃんと大人になりました」

儀三の顔が歪んだ。

「元気になって、おとっつぁん」

儀三は頷いた。おはるの心を、しっかりと受け止めたようだ。

おはるに手を伸ばして来た。

その手を握ろうとしておはるも手を伸ばすが、突然儀三の手から力が抜けて床にだらりと落ちた。

「おとっつぁん！」

おはるが呼びかけるが、儀三に反応はない。

「おとっつぁん、おとっつぁん」

必死で呼びかけるおはるの肩に、おたつは手を置いた。

「おたつさん……」

おはるは、おたつの胸に顔を埋めて泣く。

「間に合ってよかった。儀三さんは満足して旅立ったんだよ。親子の絆を確認して逝ったんだもの」

おたつは、おはるの背を優しく撫でた。

背後で泣き声が聞こえる。おみよが泣いているのだった。まもなく、弥之助と伸次が入って来た。

二人は儀三の枕元に座ると、手を合わせた。

おたつは二人に、儀三の葬儀の準備を言いつけた。

おはるは、儀三の身体を拭いて、着物を整えてやろうとおみよに手を貸してもらって、儀三の身体を動かした。

「！……」

おはるは、儀三の背中の下に敷いてあった巾着袋に気がついた。取り上げて驚く。中に金子が入っているのが分かったからだ。急いで膝の上に巾着を逆さにすると、一両小判が三枚と、一分金一朱金数枚が落ちて来た。

「おたつさん……」

おたつの顔を見る。

「儀三さんらしいね。おはるさんに残したくて、仁助に奪われないように身体の下に隠していたんだね……」

おたつは、拾い上げた小判を見て言った。

十

儀三の細やかな葬儀が終わって三日、ぼたんの店の表には『忌中《きちゅう》』の紙が貼られている。

だが店の中では、明後日から店を開けるため、材料を揃えたり、掃除をしたりと、おおわらわだ。

おたつは落ち込んでいるおはるを見て、悲しみを乗り越えるには店を開けて忙しく立ち働くことが一番の薬だと、早い開店を勧めたのだった。

果たしておはるは、悲しんでばかりはいられなくなった。

手伝いに来てくれたおみよをはじめ、伸次と弥之助、そしてきりりと白いしごきで襷をした旗振り役のおたつのためにも、悲しみに沈み込んでいるわけにはいかなかった。

「伸次さん、もうちょっと力を入れてこねてくれないものかね。ぐっ、ぐっと、力を入れるんだよ！」

おたつは店の奥の小座敷にでんと腰を据え、木製のこね鉢で小麦粉を練っている伸次に檄《げき》を飛ばす。

「少しは腰があったほうが美味しいからね」

「へい」

伸次は必死だ。

「ほら、どこでこねているんだよ。ここで、ここに力を入れるんだよ」

おたつは掌を見せて、手根部《しゅこんぶ》のあたりをとんとんと叩く。

「へい、すいません」

仲次は神妙に指示に従う。

「お前さんはいずれここの大将になるんだから、しっかり覚えといておくれよ。これから生地を作るのはお前さんの役目なんだから」

おたつは、あれやこれやといちいち口を出す。

するとそこに、弥之助とおはるが顔を出した。

二人は店の掃除や野菜などの材料を用意していたようだが、一段落ついたようだ。必死の仲次と、厳しく指図しているおたつの様子に、二人は顔を見合わせてにやりと笑ったが、

「おたつさん、麺の腰を強くしたけりゃ、少し塩を混ぜるといいんじゃねえか」

弥之助が口を出した。

「駄目なんだよ、これは。ほうとうっていうのは、あんまり塩は混ぜないと聞いている。塩を混ぜれば腰は強くはなるが、湯がいて塩気を抜かなきゃならないだろ。ほうとうっていう麺は煮込みの麺だから塩は使わないほうが良いと聞いている」

「へえ、初めて聞くな、どこの地の麺なんだい？」

興味を持った弥之助とおはるは、こね鉢を囲むように座って眺める。

「甲州で昔から食べられているらしいんだ。以前甲州から出て来た人に教えてもらったことがあってね。美味しかったから、この店で出してみたらどうかと思ったんだよ。今日は試しにみんなで味見をしてもらおうと思ってね」

おたつは説明しながらも、その目は伸次の手元から離れることはない。

伸次は、ぐっぐっと力を入れてこねている。弥之助も伸次の手元を見ながら、

「年の功だね、おたつさんは知り合いが多いから……」

弥之助は言った。

ほうとうの麺の話は、実は奥女中の中に甲州出身の者がいて、それでおたつは知ったのだ。

ただ、弥之助たちに自分が奥女中だったなどということを話してはいないから、吉次朗という若者を捜していることも含めて、おたつは一風変わった老女だと思われているのかもしれない。

「それぐらいでいいね。さあ、取り出しておくれ。そしてそこに置いてある伸《の》し板

で伸し棒を使って伸ばし、あとは包丁で好みの幅に切っていくんだけどね」

「はい」

伸次は緊張した顔で返事をした。

「寝かさなくていいのかい？」

また弥之助が質問する。

「いいんだよ、この麺は寝かさないんだ」

伸次が板に生地を広げていくのをおたつは見ていたが、はっと顔を上げて、

「そうだ、弥之助さん、南瓜《かぼちゃ》、里芋、人参、大根、ごぼうに油揚げ、用意しておくれよ。あっ、そうそう味噌もね」

おたつは言う。

「もう揃ってます。おはるさんが洗って刻んでいます。どんな味の麺なのか楽しみにしておりやす」

弥之助がそう言ったその時、店の戸が開く音がして、

「きゃ！」

おみよの悲鳴が聞こえて来た。

「なんなんだ……」

異変を感じた弥之助が、店の方に引き返そうとしたその時、仁助が入って来た。

仁助は、踏み込んだ部屋に大勢いたことに驚いた様子だったが、

「おはる、儀三は死んだようだな。まあいい、儀三と約束していた五両をもらえばそれでいいんだ」

おはるに、早く出せというように手を伸ばして来た。

「渡すお金はありません。おとっつぁんもそんな約束はしていません」

おはるは、きっと睨んで立ち上がった。

「おめえは知らねえんだよ。五両の金は、俺が儀三に貸していた金なんだぜ。それさえ渡してくれれば儀三も亡くなったことだ。二度とここに来ることはねえ、約束するぜ」

周りを気にしてにやりと笑う。

「嘘ばっかり、おとっつぁんは、あんたから借金などする筈がない。あんたは、おとっつぁんをありもしない話で脅し、店をめちゃくちゃにしたんだ」

言っているうちに、おはるの顔は怒りで燃えて来る。

「勘弁《かんべん》してやりたいが、俺も銭がなくて困ってるんだ。江戸からふけるためにな」

「ふける……嘘つき……これからもずっとこうしてここに脅しに来るんでしょうが、私はおとっつぁんとは違うから、出て行って！」

おはるは、腕を伸ばして指を外に向けた。仁助に出て行けと言ったのだ。

だが仁助が帰る筈がない。おはるの方に、ぐいと寄ると懐から匕首を出した。

「ひえ」

誰ともなしに声が上がった。

おたつは、きっとなって立ち上がると、伸次が握っていた伸し棒を奪い取り、おはるを庇《かば》って前に出た。

「な、なんだよ、婆さん」

仁助は、へらへらと笑った。

「ふん、婆さんだと思って油断してるんだろうけど、長刀《なぎなた》には覚えがあるんだ」

すいっと構えた。その構え方がまた堂に入っているのだ。

「おたつさん……」

心配して声を掛けた弥之助他一同、仰天しておたつを見た。

おたつが大名家の奥を取り仕切っていた者で、長刀は目録の腕前だということは誰も知らない。

むろん仁助も、この婆さんは頭が可笑《おか》しいんじゃないかと思ったらしく、おたつの顔を見て、腹を抱えてひとしきり笑った。そして、

「おもしれえ、命知らずの婆さんよ、怪我をしても知らねえぞ」

仁助が匕首をぐいと構えた。次第に凶悪の形相が露《あら》わになる。

「行くぜ、婆さん」

仁助が、おたつに飛びかかった。

弥之助たちは目をつぶった。だが、おたつは難なく仁助の一撃を払いのけていたのである。

仁助が再び飛びかかった。しかしこれもまた跳ね返した。だが、おたつがよろけて転んだ。

「おたつさん！」

おはるが叫ぶ。

仁助はこれを見て、匕首を振りかざした。ところがおたつは、迫って来た仁助の

足を伸し棒で薙《な》いだ。

がんという音とともに、向こうずねをしたたかに打たれた仁助は、

「いててて……」

足を押さえた。

その時だった。おみよと一緒に岩五郎が走り込んで来た。

走り込んで来たのは岩五郎だけではなかった。北町奉行所の同心上林照馬《かんばやしてるま》、その手下の栄二郎《えいじろう》、そして捕り方数名が仁助を取り囲んだ。

「仁助、お前が神田佐久間町の小金貸しを殺したのは明白、証拠は挙がっている。縛《ばく》につけ！」

同心上林照馬の合図で、仁助は捕り方たちに囲まれた。

「でっち上げだ」

仁助は叫んだが、

「お前は南町が十手を預けている岡っ引の助五郎に盗みを実見され、罪を許してやるから金を稼いで来いと脅されていた。そこで小金貸しの爺さんを殺し、銭を入れていた壺を持ち出した。その壺が、おまえが住む長屋の床下に放り投げられていた。

動かぬ証拠だ。助五郎も今頃はお縄になっている筈だ」

上林は理路整然と言い放った。

「くっ……」

仁助は上林を睨んでいたが、捕り方たちが、ぐいと一斉に仁助を囲み、突棒《つくぼう》を突きつけられては身動きも出来ない。

栄二郎に難なく縄を掛けられて、引っ張られて行った。

驚愕《きょうがく》して見ていたおたつやおはる、弥之助に伸次たちも、大きく息を吐いた。

「間に合ってよかった。このところ、仁助がこの店に立ち寄るのではないかと毎日見回っていたのだ」

岩五郎は言った。

仁助は小金貸しの爺さん殺しの下手人として、ここ数日追われていたようだ。ところが仁助が長屋に帰って来る気配はない。

そこで岩五郎は、最後にはこの店にやって来るだろうと考えて、岡っ引の栄二郎を通じて、同心の上林に内通していたのであった。

「ようやく一件落着だ。おはるさん、もう奴はここに来ることはない。他にも余罪があるに違えねえ。奴はよくて遠島、死罪も免《まぬが》れまい」

岩五郎は言った。

おはるは、ほっとした顔でおたつを見た。

儀三の四十九日を迎えたその日は、御府内一円に激しい雨が降り注いだ。大地を叩きつけるような雨だった。

だが、その雨は翌日にはぴたりと止み、空は紺碧《こんぺき》の色に染まり、御府内の木々の葉は、陽の光を受けて瑞々《みずみず》しく輝いていた。

青葉雨《あおばあめ》とは、こういう雨を言うのではないか。

儀三が亡くなって悲嘆にくれていたおはるも、これからは気持ちを引き締め、店を繁盛させるために腐心しなければならない。

儀三はもういないのだ。泣いてはいられないのだ。自分が表に立って采配《さいはい》を振るわなければならないのだ。

儀三の忌明けに青葉雨が降ったのは、おはるにそのことを天が知らせてくれたのかもしれない。

おたつはこの日、長屋の連中を連れてぼたんの店に繰り出した。

弥之助はむろんのこと、鋳掛屋《いかけや》の佐平治《さへいじ》、佐平治の女房おこん、あんまの徳三、大工の常吉、常吉の女房おせき、そして大家の庄兵衛《しょうべえ》。飲み食いの代金は、おたつが支払うという話で誘っているから大盛り上がりだ。

樽酒が店の真ん中に、どんと置いてあるし、料理は江戸湾で獲れた様々な魚の刺身、大根やごぼうを油揚げと炊いたものも大皿に載っている。そして一夜干しのイカを焼いたものに、鯉の甘辛炊き、それにこれも大皿に盛った様々なかまぼこ、目移りする程の量である。

「いやいや、ただで頂く酒ほど、うめえものはねえ」

あんまの徳三が、そう言って湯飲み茶碗に入った酒を飲み干すと、

「まったくだ、おたつさんが長屋の住人で良かったよ。感謝感謝だぜ」

鋳掛屋の佐平治がそう言えば、女房のおこんが、

「こんなに沢山のご馳走は、一生のうちに一度か二度、いや、私は初めてだ。亭主に甲斐性がないと、ずっと貧乏暮らしだものね。食べるものと言ったら、朝は味噌汁にめざし、昼は漬け物に茶漬け、夜はこれまたあまりものだ」

憎まれ口を叩いて、口を休みなく動かしている。

「ばかやろう、自慢そうに言うんじゃねえや、てめえが手を抜いているんじゃねえのか、ちったあ、工夫してみな。銭がなくても工夫をすれば膳の上は賑やかになるもんだぜ」

佐平治が言えば、

「そうだとも、おれっちのおせきも手抜きばかりだ。所帯を持った時には、お前さんの身体が大事だから、うんと美味しいものを作るわね、だから、うふん、早く帰って来てよね、なんて言っていたのが、今やどうだい。あっしが、おい、これっぽっちのおかずしかねえのかよ、せめてだな、こんな古漬けじゃなく、漬けあがったばかりの漬け物でも出しな、と言ったらよ、鬼のような顔をして、お前さん、自分の稼ぎを考えて言いなさいよ。お前さんに頼ってばかりでは明日の米の心配もしなくちゃならない、それであたしも働きに出てるんじゃないか。上げ膳据え膳で文句言うんじゃないよ。嫌なら食べるなって、怒鳴るんだぜ」

大工の常吉が、酒をぐいぐいやりながら大声を出す。

「なんだって、お前さん、もう一度言ってみな！」

女房のおせきが立ち上がった。そして亭主の常吉に歩み寄ると、ぐいと胸ぐらを摑んだ。

「やれやれ、やっちまえ！」

男たちからも女たちからも声援が飛ぶ。

「皆さん、お静かに。お待ちかねのほうとうでございます」

おはるが声を張り上げる。

板場からおたつが弥之助と仲次を従えて出て来た。弥之助と仲次は、ほうとうを煮た大鍋と、汁椀を盆に載せて運んで来た。

「いいかい、熱いから気を付けて食べるんだよ」

おたつが、一人一人のお椀にほうとうをよそい、弥之助たちが配っていく。

「これは、ほうとうと言いまして、甲州で食べているものだそうです。おたつさんが教えて下さったんですが、とても美味しいです。ですからこの店の名物料理にしようかと考えています。今日は皆さんにもお味をみていただきたくて作ってみました。本日はご馳走が他にもありますので汁椀でお出しますが、お客さんに出す時にはどんぶりで出すつもりです」

仲次が立ち上がって皆に説明した。すると弥之助が、

「この仲次は、あっしと同じ野菜を売っていた男ですが、おはるさんと恋仲になっちまって、喪が明けたら、そうだな、来年の今頃になるだろうが、おはるさんと夫婦になって、この店を一緒にやっていくようです」

皆に報告した。

ほうとうが全員に配られると、興味津々箸をつけたが、

「うめえな、このとろっとした汁がたまらねえ」

気に入ったとみえて、だれもかれももくもくとほうとうを食べている。

おはるは、自信を得た笑みを、おたつに送って頭を下げた。

皆が腹を満たした頃、おたつはみんなに言った。

「本日ここに皆さんをお誘いしたのは、過日亡くなったこの店の主、儀三さんが、一度でもいい、店がお客で一杯になって、楽しく、賑やかに呑んでくれているのを見てみたい、そう言っていたものですからね。四十九日も過ぎた今日、亡くなった儀三さんを見送るつもりで、賑やかに呑んでもらいたいと思ったんです。ですから皆さん、遠慮なく、賑やかにやって下さい」

長屋のみんなは大きく頷いた。

やがて酔っ払った連中の歌や踊りが始まった。

「あれあれこれや、あれこれや……あれあれこれや、あれこれや。どんどんちゃらら、どんちゃらら！」

常吉が立ち上がって、腰を振り振り踊り出した。

「なんだよ、あんな酒盛り歌があったか？」

弥之助が笑って伸次に訊く。

「いいんだよ、なんでも……」

「まあな」

二人はくすくす笑って酒を呑む。

すると今度は、鋳掛屋の佐平治も腰を振り振り踊り出した。

「あれあれこれや、あれこれや……あれあれこれや、あれこれや。どんどんちゃらら、どんちゃらら。うちの長屋にゃ、おたつがござるよ。口八丁で手八丁、今じゃ大家の庄兵衛さんも、頭が上がらずごめんなさい。あれあれこれや、あれこれや。どんちゃら、どんちゃら、どんちゃらら。おたつが通るよ、そこどけそこどけ……」

常吉と佐平治の滑稽な踊りに、みんなおたつを見ながら声を上げて笑い転げる。

「ったく……」

おたつは苦笑して店の表に出た。

待合にしてある長椅子に腰を掛けると、袂から煙草入れを出し、煙草を一服飲み始める。

「ふう……」

おはるの吹いた煙草の煙が、夏を迎えた空に昇っていく。

――儀三さん、聞こえているかい……。

おはるは空に向かって心の中で呼びかけていた。

「おたつさん……」

おはるも外に出て来た。

「ありがとうございました」

おはるは深々と頭を下げた。

その手には、しっかりと母の形見の柘植の櫛が握られている。

「おっかさんの形見の櫛だね」

おたつは言った。

「はい。この櫛は、おっかさんとおとっつぁんの思い出の品……私、おとっつぁんのお棺に入れてあげようかと思ったんだけど、やっぱり私が持っていることにしました」

「それでいいんだよ、儀三さんも、おっかさんも、二人の思い出の品を、おはるさんが使ってくれる。それが一番嬉しいことなんだから……」

おたつはそう言って、おはるの手から櫛を取り、

「さあ……」

頭に挿してあげるよと頷いた。おはるは恥ずかしそうな顔をして頭をおたつの方に傾ける。

おたつはおはるの髷に柘植の櫛を挿してやりながら、

「大事にするんだよ。この櫛はずっと、お前さんを守ってくれるんだから」

おたつは、微笑む。

おはるは、挿してもらった櫛にそっと手をやり、おたつに笑みを返した。

そんな二人の耳に、何時止むともしれない酒盛りの声が聞こえている。

# 泣き虫清吉

一

この日、富岡八幡宮《とみがおかはちまんぐう》の境内は、ひときわ賑やかだった。

京のさる古刹《こさつ》の仏像のご開帳が行われていて、人の波は止むことを知らない。

人々はご開帳を見物したのちは、境内に出ている実に様々な出店を覗くのがもうひとつの楽しみなのだ。

食べ物から細工物、そして絹織物、綿織物、紙や陶器、そういった諸国の物産がひとところに集まるのは、今や江戸をおいて他にはあるまい。

おたつも、二、三件の集金を終えると、大家の庄兵衛への手土産、深川のかりんとうを買い求め、境内の出店を見て廻った。

何を見ても手を出したくなるが、裏店で一人暮らしをしている初老のおたつには、無駄な買い物は控えねばという気持ちが働く。

手に取っては考えて止め、また次の店で手に取っては諦めしながら境内を歩いて行く。

そろそろもう帰ろうかと思っていた時、おたつは苗木や花の苗を並べて呼び込みをしている出店の前で立ち止まった。

「さあ、いらっしゃい、いらっしゃい、今日が買い時、見ての通りの苗木の数々、今が植え時だよ、根付きも良いから失敗がない。裏庭に梅の木はいかがですかい、この梅は果実が厚いから梅干しにした時にはひと味違うよ、そこのおふくろさん、いかがですかい」

若い、鼻筋の通った兄さんが、おたつに呼びかけた。

「苗木じゃないんだよ。そこの隅っこにある菊の苗だけど、どんな色の菊なんだね」

おたつは、苗木に隠れたようにして置いてある駕籠に入った菊の苗を指した。

「ああ、これね……」

若い男は、駕籠を引っ張り出して、三種類ほどの苗を取り出した。

「こちらは『丁子菊《ちょうじぎく》』の苗、正徳《しょうとく》年間に生まれた菊です。花色は白の平弁に中心の筒弁が黄色です。清楚《せいそ》な可愛らしい花です」

「へえ、で、こっちは？」

おたつはもうひとつの苗を聞く。買う買わないは別にして、こうして品を定め、売り口上のあれこれを聞くのも楽しみのひとつだ。

「これね、こっちは嵯峨菊《さがぎく》、花弁は茶筅状《ちゃせんじょう》……」

「茶筅て、お茶の?」

おたつは聞き返す。

「へい、そのお茶を点《た》てる時に使う、あの茶筅です」

「そう……で、それは?」

もうひとつ、残った苗を指す。

「こちらは肥後菊《ひごぎく》です」

「肥後菊か……肥後熊本の御武家の皆さんが栽培して有名になったという菊ですね」

おたつは言った。

「へえ、良くご存じで」

若い男は感心しきりだ。

「いえね、聞きかじりです」

おたつは笑って答えたが、さて何本買って帰ろうかと悩んでいると、

「菊は庭に植えて眺めても良し、切り花にして床に活《い》けても良し。また花は摘んで菊枕にすれば、香りも良いし長生きしますぜ」

若い男は如才がない。おたつの迷いを知って、もう一押しと勧めて来た。

「一本いくらなんだい？」

おたつは訊く。

「一本八文」

若い男は、手をすり合わせて言う。

「高いね」

おたつは即座に言った。

「おふくろさんよ、そりゃあないだろ。この江戸の菊じゃあねえんだぜ。遠路はるばる運んで来た苗だ。それによ、ここで店を張っているということは、場所代だって馬鹿にならねえんだ」

「そんなことは分かっているけどさ。それならこっちも聞きたいんだが、今説明してくれたことに間違いはないんだろうね」

ちょっと厳しい声音で訊いてみる。

「えっ、どういうことだよ」

きょとんとした若い男に、

「だって今見せてもらっているのは苗だろ、葉っぱでしょうに……花を見せてもらっている訳じゃないから。秋になって、本当に今お前さんが言った通りの花が咲くかどうか……」

「あっしが嘘をついていると？」

若い男は、むっとなる。

「お前さんだって正直なところ、分からないんじゃないのかね。仕入れて来たのは苗だからね、お前さんも花を見ている訳じゃない」

「もう……婆さん、無茶言わないでよ」

若い男は呆れ顔だ。

「婆さんだって……あっ、そう、じゃあもういいわ」

ふんと鼻を鳴らして引き上げようとしたおたつに、

「ちょ、ちよっと待ってよ、おふくろさん。分かったよ、安くしとくから」

若い男はついに折れた。

背中を見せていたおたつは、振り返るとにっと笑って、

「いくらにしてくれるんだね」

若い男の迷い顔に訊いた。

「しょうがねえな、分かった、なんだかんだ言っても、残っているのは全部で十本、まとめて三十文、叩き売りだ！」

「はい、頂きます」

おたつは、まんまと珍しい種の菊十本を手に入れたのだった。

あれから十日、おたつは裏庭に菊の苗を植えて、毎日水をやっているが、ようやくしっかりと根付いたようだ。

ただ裏庭は一坪もない。日当たりも良いとはいえず、秋に花を見るまでは安心出来ない。

――まっ、こうして裏庭で菊を植えることが出来るだけでも有り難い……。

おたつは、水を撒《ま》き終えると家の中に入った。

世に九尺二間の長屋と言えば、畳の部屋が四畳半一間だが、おたつが住む長屋は、入居のおりに長屋二つをぶち抜いて特別に設《しつら》えてもらったもので、畳を敷いている部屋は二つある。

玄関を入ってすぐの部屋には押し入れはない。だが、奥の部屋には一畳分の押し入れもついている。

人には言えぬが、おたつが持参した衣装も道具もあって、四畳半の部屋には収まりきれなかったからだ。

菊を植えた庭は、奥の座敷から下りるようになっているが、ここも長屋を手直ししてもらう時に造ってもらったものだ。

「さて……」

軽く昼でも食べるかと台所に向かったその時、

「おたつさん、いるかね」

大家の庄兵衛が入って来た。

「おや珍しい、今お昼にしようかと思っていたところですよ。大福を買ってきてあるんです。一緒にいかがですか？」

おたつは言った。

「それはありがたい、この間のかりんとうも美味しく頂きました」

庄兵衛は早速上がり框に腰を据えて、煙草を吸い始める。

「だけども感心だね、庄兵衛さんは歯が大丈夫なんだね」

おたつは、大福とお茶を淹れて出す。

「いただきます」

庄兵衛は仁義を切るような仕草をして、大福を食べ始めた。

おたつも、ひとつつまみ上げて食べ始める。

「あたしは歯が丈夫な質でね、かりんとうなんて、ぱりぱり食べますよ。もっとも気を付けなければならないのは、こういった餅ですな。年寄りは喉に詰まらせて亡くなることがあるようですからね」

「気を付けて食べれば大丈夫。年取ると食事の量が少なくなるでしょう。だから元気もなくなるんです。私は五日ごとにうなぎ飯を食べに行っているし、こうして甘いものも頂く。それが力になっているんです」

おたつは持論を述べる。

「まったくです」

庄兵衛は相槌を打ちながら食べ終わると、

「おっと、肝心な話をしなければ……」

手についた大福の粉を、ちゅっと舐《な》めてからお茶を飲み込み、改まった顔をおたつに向けて言った。

「おたつさんは、近頃泥棒盗人《ぬすっと》が多くなったという話をご存知ですか」

「いたち小僧とかいう盗人のことですね」

おたつは長屋の者たちから聞いていた盗人泥棒の名を出した。

「そうそう、そのいたち小僧です。このところ毎晩のように盗みを働いているようです。町奉行所も手を焼いているようでして、御府内にお触れを出したんです。夜は戸締まりをしっかりすること、不審な者を見た時にはすぐに番屋に届けること、これを町の者たちに徹底して伝えるようにとお達しがありましてね。それでこうして、一軒一軒廻って伝えているんですよ」

庄兵衛は煙草を吸い終わると、おたつが寄せて来た煙草盆の筒の中に、ぽんと煙草の灰を叩き落とした。

そして、思い出したように笑って、

「とは言っても、長屋の者は皆貧乏暮らしです。お金を取られる心配があるのはおたつさんだけですけどね」

ちらとおたつの顔を見てにやりとする。

「何をおっしゃいますか、私の商いは銭商い、儲けも微々たるものです。それに比べると大家さんは、この長屋を管理していて糞尿《ふんにょう》を売った金も入って来る。役得でたんまり貯めているんじゃありませんか」

おたつは笑った。すると庄兵衛は、

「いいえ、おたつさんには話してなかったですが、私は昔、呉服問屋の番頭をしておりました。その時に所帯を持った女がいたんですが、呉服問屋から暇をもらって、ここに大家として引っ越してまもなく、別れましてね。女房は娘を連れて出て行きました。ところがちゃっかりお金は請求してくるんです。こっちも昔の相棒とはいえ、飢え死にされてはと、世間の目もありますから仕送りしています。まったく、いつまで続くのか……」

庄兵衛はため息を吐いて立ち上がった。

「おやもうお帰りで……」

はいと庄兵衛は言ったが、思い出してまた座ると、

「私がかりんとうが大好きなのは、かりんとうを食べながら本を読むのがこたえられないからでしてね。至上の喜びという奴です」

またかりんとうの話になった。

「へえ、何の本を読んでいるんですか」

おたつが訊くと、

「歌舞伎物、浄瑠璃物も面白いんだけどね、近頃出て来た戯作者《げさくしゃ》で、江戸小町って人がいるんです。その人が書いた『春秋女敵 討百話《しゅんじゅうめがたきうちひゃくわ》』っていうのが、もう様々な夫婦の模様を書いていて面白くて……特に面白いのは仲裁役がいるんです。これはおたつさんみたいな初老の女なんですが、この人の発する言葉が面白くって、つい、読んでいておたつさんの顔が浮かんでくる」

庄兵衛は言って、くつくつと笑っておたつを見る。

「くだらない、私と一緒にしないでもらいたいね」

「だって、これはぼたんのおはるさんから聞いたんだけど、おたつさんは長刀やる

っていうじゃないですか、それも目録をもらっているとかいないとか、驚きましたよ」

庄兵衛はしゃべるだけしゃべって帰って行った。

「ふう……」

おたつはため息をついた。

あんなに庄兵衛は賑やかな男だったのか、今更だが驚いたのだ。

苦笑して、使用した湯飲み茶碗を流しで洗っていると、弥之助が入って来た。

「おたつさん、豆腐を買って来てやったぜ」

弥之助は、豆腐を入れたどんぶりを置き、

「今日はちょっと嬉しいことがあったからさ」

にやりとして言った。

「こんなに早く帰って来たということは、全部売れたんだね」

おたつは、前垂れで手を拭きながら、上がり框のところまで出て来た。

「当たり、大伝馬町《おおでんまちょう》の料理屋なんだが、顔を出したら全部もらっとくよって、どうやらお客が急に増えて野菜が足りなくなったとかで、一気に売り切れたって訳だよ」

「へえ、なかなかやるじゃないか。でも油断しては駄目だよ。一度や二度、いいことがあったって、気持ちを引き締めて、いいね」

おたつは、叱咤《しった》激励《げきれい》する。

「分かってるよ、だけどおたつさんに報告したくって、豆腐を買ってきたんだ」

弥之助は照れ笑いして言った。

「払うよ、お金」

おたつが財布を取り出そうとするが、

「いいって、いいって、この間、ぼたんの店で伸次と走り回って手伝った時に、おたつさんは商いを犠牲にしちまってすまなかったねって二分金をくれただろ。そのお礼だよ」

弥之助は言い、

「あの二分金はお守りだ」

首に提げている守り袋を出して見せた。

「へえ、しおらしいことだね」

おたつは弥之助が日々成長していくようで、その姿を見ているのが嬉しい。

「おたつさんの薫陶《くんとう》のお陰だな」

弥之助はお守りを胸の中におさめると、

「それで、岩五郎さんからの伝言なんだが、料理屋からの帰りにばったり会ったんだ。そしたら、話しておきたいことがあって、おたつさんの所に行くつもりなんだが、このところ盗人騒ぎが頻繁に起きていて、奉行所に駆り出されているとかなんとか言っていやしたぜ」

弥之助はそう告げると帰って行った。

——やれやれ、嫌な世の中になったものだ。

昨年水害日照りと続いて作物は不作の年だったが、それが大いに影響しているのではないかと思った。

おたつは思案《しあん》の末、銭の入った壺を持って裏庭に下りた。そしてその裏庭から床下の奥に壺を押し込んだ。

## 二

その晩のことであった。

おたつが布団に入ってうとうととし始めてまもなく、どこかで妙な音がした。

おたつは目を開けた。同時に、全身が一瞬にして凍り付いたようになった。

行灯は常夜点しているのだが、灯心は細くしていて部屋は薄闇に近い。夜中に目を覚ました時、すぐに手燭《てしょく》に火が移せるように、また足元が不自由にならないためのもので、部屋全体に光が届いている訳ではない。

おたつは薄闇に目を凝らし、耳を立てて音の在処《ありか》を探った。

ひょっとして、トキが音を立てたのかと思ったが、そうではないようだ。

また、怪しい人間が近づいたりした時には、トキは吠える筈だ。

――いや……。

おたつは、トキは番犬としては頼りない犬だと分かっている。

朝、時を告げる以外は、誰がやって来ても吠えることはまずない。

銭を借りに来る人たちの出入りが多く、人慣れしてしまっているということもあるのだろうが、飼い主におもねる犬ではない。

となると、不審な者が侵入して来ても、トキは寝たふりをして、やり過ごしているに違いないのだ。

――役立たず……。

とおたつは思ったが、その役立たずが可愛いから、どうしようもない。

おたつは、先ほどの音の在処を探った。おたつが今床をのべているのは奥の畳の部屋だが、音がしたのはあの感覚では隣の小座敷でもなく台所でもなかった。

やはり気のせいだったか……そうであってほしいと耳をそばだてていると、すーっと戸の開く音がした。

――玄関の腰高障子《こしだかしょうじ》を開ける音だ……。

おたつの身体を恐怖が走り巡った。

咄嗟《とっさ》に心張り棒をしていなかったのか……と記憶を巡らしたが、いや、確かにしていた、何時だって心張り棒をしてから就寝する。

とすると、外から障子を破って手を突っ込み、心張り棒を外し、戸を開けたものと思われる。

最初にした音は、心張り棒が外れて土間に落ちる音だったのか——。

おたつの頭の中を、めまぐるしく想念がかけめぐった。

おたつは起き上がった。

老齢の一人暮らしとはいえ、自分の身は自分で守らなければならない。

おたつは、大きく息をすると、行灯から手燭に火を取り、枕の下にしのばせてあった懐剣《かいけん》を取り出した。

長屋の者は知らないが、おたつはここに引っ越してきてからずっと、就寝の折は枕の下に懐剣を置いている。いつ何時《なんどき》、おたつを襲って来るかもしれない闇の一派がいることは確かなのだ。

おたつは、花岡藩主の次男、吉次朗を探し出す役目を担っている。その吉次朗を抹殺しようとしている大いなる魔手と、おたつは対峙しているといってもいい。

おたつは手慣れた動作で懐剣の紐を引き抜き、懐剣を鞘《さや》から抜いた。

左手に手燭、そして右手に懐剣を構えて、おたつは耳をそばだてる。

と、ガタリっと何かに蹴躓く音がした。同時にどたりと倒れる音がした。

侵入者は、土間にあるおたつの下駄に蹴躓いたか——。

おたつは戸を開けてすすっと次の部屋に出た。そして土間に向かって言った。

「誰じゃ、名乗れ！」

掲げた手燭の灯りの向こうに見える土間の影に怒鳴った。

「ああっ」

影は、驚きの声を発しながら土間から起き上がった。頬かむりをしていた。体つきは若い男だ。

「そなたは何者！」

おたつは一足一足、用心深く男に歩み寄る。その手に懐剣の刃が光っている。

「ま、待て、待ってくれ」

男は土間に腰を落としたまま、顔を三和土《たたき》にすりつけた。

だがおたつは、その隙を狙って、すっと男の首に刃を突きつけると、

「顔を上げなさい」

男の顔を上げさせた。顔全体の造作は分からないが、その目は怯《おび》えている。

おたつは懐剣を持つ手にぐいと力をこめると、

「何故ここに侵入して来たのか、言いなさい！」

容赦なく言い放った。

「ううう……」

男は言葉にならない声を上げ、今にも泣き出しそうな顔でおたつを見た。

だがその時だった。長屋の入り口になっている木戸の辺りで人の声がした。一人や二人の声ではない。

「開けろ！」

と、そのうちの一人が放った怒声が聞こえてきた。

「捜せ！」

今度は別の男の声か、指揮をとる声が聞こえてきた。

刹那、途端に男が上がり框に這い上がって来た。

「た、助けて下さい。す、すまねえ。ほんの少しの間でいいんだ。匿《かくま》ってくれやせんか」

必死の顔がおたつを見詰めている。今にもおたつの着物の裾に縋《すが》らんばかりだ。

何が起こっているのか、おたつの方が混乱してしまった。

木戸の入り口辺りでは、

「いったい何事でございますか」

大家の庄兵衛の声がしている。木戸内に入って来た者たちに説明を乞うているのだ。

おたつは、腰を落とすと、男の顔に灯りを当てて質《ただ》した。

「おまえは、盗人か？」

今日の今日、庄兵衛と話をした、いたち小僧のことが頭をよぎったのだ。

しかしそれにしては、目の前にいる男はひ弱そうで震えている。大泥棒の度胸が据わった者のようにはとても見えない。世間を今騒がしている大泥棒なら、根性も度胸もあるだろうとおたつは思う。

ところが目の前の男は、小心者で臆病者、おたつの目にはそう映った。

「盗人なの……まさかいたち小僧とかいう輩ではあるまい？」

もう一度念を押してみると、

「そ、そんな上等な盗人ではございやせん。しがねえこそどろです。盗人の末席にも座れねえなさけない男でございやす」

男はついに拝みの手をした。

「盗人は盗人なのだな。顔をよく見せてもらいますよ」

おたつは、ぐいと懐剣を突きつけておいてから、男の頰かぶりをぱっとむしり取った。

「ど、どうぞお助けを……」

男は顔をそむけ次の瞬間米つきバッタのように頭をこすりつけた。

「お前さんは……！」

おたつは驚愕した。

男は、十日ほど前に富岡八幡宮の境内で、植木や苗を売っていたあの者ではないか。

「お前さんは、私に菊の苗を売ってくれた人だね」

おたつは言って自分の顔に光を当てて見せた。

「あっ」

男は小さな声を発した。驚いてポカンと口を開けたが、

「あの時のおふくろさんでございやしたか、そうとも知らず、お恥ずかしい次第で

す。どうかご縁があった者としてお助けを……母親が病の床についておりやして、その母親を医者に診せてやりたい、金さえあればと、うろうろしていたところをいたち小僧と間違えられて追われてここに……本当でございます」

　手を突く男に、おたつは苦笑した。

　この男が、いたち小僧などという大物でないことは確かだった。

　外での騒ぎは、その間にもだんだん近づいて来る。大家の庄兵衛が、一軒一軒案内しているようだ。

　ついに隣の長屋の戸が開き、

「町奉行所の者だ。改《あらた》めたいことがある！」

　隣人を叩き起こしている様子が聞こえて来た。

　おたつは、若い男を目の前にして、息にして二つか三つ迷っていたが、

「分かった、奥の部屋から裏庭に下りて隠れていなさい」

　男を裏庭に下りるよう追い立てる。

　男が裏庭に下り、おたつが懐剣を台所の物陰に隠し置いたその時、庄兵衛が案内に立って、岡っ引と捕り方二人が玄関に入って来た。捕り方は外にも数人いるのが

見えた。

「御用の筋だ」

岡っ引が顎をしゃくると、捕り方の一人が手にある龕灯《がんどう》の光をおたつに向けた。

「何の騒ぎでございますか」

おたつは身づくろいを改めると、岡っ引と向き合った。

「盗人だ、この長屋に逃げて来たのは確かだ。家の中を改めさせてもらいたい」

おたつは上がり框に捕り方たちを阻むように立ち、笑って言った。

「この長屋に盗人だって……盗む金などこの長屋にはないと思いますがね」

「いや、盗人はこの長屋に逃げて来た筈だ。盗みに入られたのは馬喰町の『池田屋』だ。怪我人も出ている。池田屋で盗みを働いて出て来たところを、この目で見たんだ。それで、後を追っかけて来たらこの長屋に入ったんだ」

「捜したところで、そんな者は居やしませんよ」

おたつは、つっけんどんに言い返す。

「いいから退くのだ」

岡っ引は十手を振り回す。目の鋭い、陰険な感じのする岡っ引だ。

「親分さん、こんな夜中にそんな物を振り回し、長屋の善良な住人を脅すんですか。いいでしょう、どうぞ家捜しして下さい。その代わり、土足は止して下さいよ。家の中を汚したら、ちゃんと掃除をして帰っていただきます」

憤然《ふんぜん》としておたつは言う。

「なんだこの婆さんは……」

案内役の庄兵衛に聞く。庄兵衛も困惑顔で、

「この方は、名のあるお方のご隠居様、何をお気に召したのか、こんな長屋でお気楽にお過ごしですが、あんまり失礼なことを言っては、あとで親分さんもまずいことになるやもしれませんよ」

最後はごもごも言って、意味ありげな紹介をする。

庄兵衛は、おたつの身分を深く知っている訳ではない。適当に自分の推量を足して牽制しただけだったが、むろんおたつの中に、ただの隠居ではないものを感じとっていて、咄嗟に出た説明だった。

だが、岡っ引は少しびびったようだ。仕方がねえとばかりに、捕り方の龕灯を取り、それを持って草履を脱ぐと、奥の部屋、奥の部屋の押し入れ、そして庭に光を

当てでざっと確かめてから、

「引き上げだ」

捕り方たちを引き連れて出て行った。

おたつはそこに座り込んだ。どっと疲れが押し寄せていた。

おたつは、捕り方たちがひと当たり長屋を調べ、木戸口まで下がった頃合いを見て、裏庭から男を座敷に上げた。

「名前は？」

首を垂れている男に訊いた。

「へい、清吉《せいきち》と申しやす」

俯いたまま答える。男の声は小さかったが、安堵しているのが分かった。

「生国は？」

「駿河《するが》でございやす」

「今の住まいは……」

「深川の海辺《うみべ》大工町《だいくちょう》です」

「駿河の国から、この江戸に出て来て、富岡八幡宮で植木を売っていたお前さんが、どうして捕り方に追いかけられてここに舞い込んで来たのか、お前さんなりの事情はあるのだろうが、今は聞かないことにするよ」

えっと清吉は驚いた顔を上げた。

「その代わり、今夜はこの部屋で過ごして明日になったら、長屋の者たちが起き出す前に、人の目につかぬように出て行っておくれ」

「すいません」

清吉はこくりと頷くが、腹の虫がぐうと鳴った。

「申し訳ねえ、朝から何も食ってねえもんだから」

清吉は苦笑いをして頭を掻いた。

おたつは、やれやれという顔でため息をつくと、

「ちょっと待ってなさい」

台所に行き、飯櫃《めしびつ》の蓋をとって御飯を確かめ、どんぶりに御飯を盛り付け、残っていた漬け物と一緒に盆に載せて持って来ると、清吉の膝前に置いた。

「一晩中、お前さんのお腹が、ぐうぐう鳴いてちゃ、私も眠れやしない。何も残っ

てないけど腹のたしにはなる。食べなさい」

「申し訳ねえ……ありがとうございやす」

小さな声で清吉はそう言うと、箸を取り、次の瞬間、ものすごい勢いで御飯を口の中に放り込み始めた。

うぐうぐ言いながら食べる姿を、おたつはじっと見ていたが、そのうち清吉が、涙を目に溜めて食べているのに気がついた。

余程の事情があったと思えるが、おたつは心を鬼にして聞かなかった。

話を聞いても、年寄りのおたつが助けられるとは限らない。それに、話を聞いてやることが、この男のためには良くないことかもしれないのだ。

この世を生き抜くには、強い心を持っていなければ、あっという間に望まぬ方向に落ちていくものだ。

それは清吉に限ったことではない。誰にでも言えることだ。

「あの……」

あれこれと考えをめぐらすおたつの心中も知らずに、清吉は申し訳なさそうな顔で、どんぶり茶碗を傾けておたつに見せた。

どんぶり茶碗は空っぽだ。御飯粒ひとつ残っていない。

「あの、お代わりをおねげえします」

清吉はどんぶり茶碗をおそるおそる突き出して来た。

おたつは呆れ顔で、飯櫃に残っていた御飯をかき集めてみたが、どんぶりに半分ほどしかなかった。

「これでおしまいだよ」

膳の上に載せてやると、すまねえ、すまねえなどと言いながら、また一気に口の中に放り込んでいった。

おたつは、食べ終わるのを待って、お茶を淹れてやり、自分の湯飲み茶碗にもお茶を淹れた。

おたつは黙ってお茶を飲んだ。清吉はもじもじしている。

「それを飲んだらお休み、もう遅いからね。布団はこの部屋に出してあげるから、自分で敷くんだね、いいね」

立ち上がろうとしたおたつに、

「お待ちくだせえ。匿ってもらった上に、一宿一飯世話になりやす。おふくろさんはあっしの話など聞きたくないかもしれねえが、どうぞ少しの間で結構です。あっしがなぜ、ここに迷い込んでしまったのか、聞いていただけやせんか。そうでないと、あっしの気持ちがおさまらねえ」

「大げさなことを言うんだね。そっちの都合じゃそうかもしれないけどあたしゃこれ以上かかわりたくないね」

「お願いです」

清吉は手をつくと、

「迷惑を掛けやしたが、あっしは乞食《こじき》ではねえ。せめて事情を説明させていただきとうございやす」

清吉は、真剣な目で言った。腹が一杯になって元気になったのか、ここに入って来た時のような弱々しさは消えている。

おたつは苦笑して、立ち掛けていた膝を元に戻した。

「実はあっしは、駿河国の小百姓の次男坊でございやす。十五歳の時に、この江戸に出て来て、深川の料理屋『千石屋《せんごくや》』で板前の修業を始めました。八年になります。ようやく一人前の板前になれると思っていたところに、半年前に田舎の兄貴から文が参りやして、おふくろが病でそう長くはないと書いてあったのでございやす……」

清吉は、神妙な顔で話し始めた。

「十年も会ってない母親だ。せめて一度会っておきたいと、親方に暇をいただきやして、それまでに貯めた金十三両を懐に駿河に向かいやした。ところが、江戸を発ち、最初に宿泊した保土ケ谷《ほどがや》の旅籠《はたご》で、十三両の入った巾着を盗まれやして……」

唇を噛む清吉の話を、おたつは黙って聞いている。

清吉の話によれば、それで江戸に舞い戻ったのだという。

無理を言って暇を貰った手前、千石屋に戻ることを躊躇《ためら》って清吉はしばらく他の料理屋で働いていたのだが、古参の者にいじめられて耐えられず、その料理屋を辞めた。

以後は口入れ屋で世話してもらった植木職人の下で働いているのだが、ただ働き同然の安い手間賃だ。

なんとかまとまった金を手にしたい。元はと言えば、盗まれたのが運の尽き。自分を奈落《ならく》に落とした盗人が許せない。

そう思っているうちに、自分も人様の懐から頂けばよいのだ。自分が盗まれた十三両を得るには、自分も盗むしかないのだと考えたのだ。

そこで夜になるのを待って、この二月《ふたつき》、あっちの町、こっちの町と徘徊《はいかい》しながら、どこかに入れる家はないのかと探っていた。

そしたら今夜、馬喰町で裏木戸が開いている商家を見つけた。

これぞ神の恵みではないかと、清吉は懐から手ぬぐいを取り出して被り、その木戸から入ろうとしたその時、中から一人の男が飛び出して来たのだ。

鉢合わせになって、互いに悲鳴を上げそうになった。

男は黒い着物を尻はしょりし、黒い手ぬぐいで顔を覆っていた。

薄闇の中でも、目が血走り、異様に光っているのを見た清吉は、その目に圧倒されて、

「ど、どろぼう……」

と思わず口走っていた。大きな声は恐怖で出なかった。

自分も泥棒に入ろうとしていたのに、一瞬にしてそんなことは頭の中から、吹っ

飛んでしまっていたようだ。

「野郎！」

男は恐ろしい顔で、匕首を引き抜いた。

殺される……そう思ったその時、向こうの角に人の影が現れ、

「あそこだ……いたち小僧だ！」

大声が聞こえ、呼子笛が鳴った。御用提灯を掲げた捕り方たちだったのだ。

「いたち小僧……」

清吉が動転した目を男に向けると、男はあっという間に闇の中に走って姿を消してしまったのだった。

その場に残された清吉は、背後から迫る追っ手から脱れるために無我夢中でどこともしれぬ道を走った。だが追っ手はしつこかった。どこまでも清吉の後を追いかけて来る。

気がついたら、この長屋の木戸の前に走り込んでいた。

しまった、と思って木戸を摑んだ時、木戸が開いたのだ。

清吉は急いで木戸を抜け、そしておたつの家の腰高障子に手を突っ込んで破り、

心張り棒を手探りで外し、家の中に侵入したというのであった。

清吉は話を終えると、

「腹が減っていて、もう逃げられないと思っていたんです。まさか菊の苗を買ってくれたおふくろさんの家とは知らず……」

改めて頭を下げた。

「ひとつ言っておくけどね、私をおふくろさんなんて呼ぶのは止めておくれ。あたしゃ盗人の倅なんてご免だから」

「すいません、名前を知らねえもんですから」

清吉は頭を下げる。

「事情は分かりました。でもね、言っておくけど、あんたのようなついてない人はこの江戸には五万といるよ。でも皆歯をくいしばって頑張ってるんだ。それをなんだい……盗みで金を得ようと考えるなんて、あたしゃそんな人間とはかかわりたくないね。明日早朝には出て行っておくれ、いいね」

おたつは念を押した。

三

「あれ、おたつさん、近頃御飯、たくさん炊いてるんだね」

おたつが井戸端で羽釜《はがま》を洗っていると、鋳掛屋の女房おこんが、並んで羽釜を洗いながら、おたつの手元を覗いて言った。

「まあね」

おたつははぐらかそうとしたが、

「以前の二倍は炊いてるでしょう……昨日は米屋がお米、運んで来たし、そうそう、魚屋だって、喜んでましたよ。良く買ってくれるんだって」

おこんの目は疑いの色を宿している。

「実はね、子沢山の知り合いが臥せっていてね。気の毒だから、毎日お握りを持っていってやってるのさ。あたしもね、この歳になると、妙に何かひとの手助けをしたくなってね」

「そうだったんだ」

　おこんは信じたようだ。

「確かにさ、ぼたんの店のことだって、おたつさんは私たちにご馳走してくれて、おはるさんを元気づけたものね。立派だよ。長屋の連中はみんなそう言ってる」

「ありがとね」

　おたつは、ほっとした顔で礼を言う。

「だって、うちの亭主だって、あれだけの酒盛りをやったのは、生まれて初めてだって……翌日も酒臭くって困ったけど、あの樽酒だって相当な値段だったに違いないんだもの」

「ああ、あのお酒だけは、おはるさんのおごりだったんだよ。みんなに心配掛けたと言ってね。そう話しただろ」

「そうだった」

　おこんは、ぽんと自分の頭を叩くと、

「じゃあね、お先に」

　洗い終えた羽釜を持って、自分の家に入って行った。

　――あぶない、あぶない……。

おたつは、ふうっと息をつく。

なにしろこの三日、清吉の分まで御飯を炊いている。バレないように気を付けているのだが、女房どもは勘が鋭い。おたつが炊く御飯の量の変化を見破っているのだった。

おたつは、洗い終えた羽釜を持って立ち上がると、木戸の方に視線を投げた。

――いる、まだ小者が見張っている……。

まったくうんざりする光景だ。

清吉に出て行くよう言ってから今日で四日目になるのだが、木戸口に小者が交代で見張っていて、結局清吉は家から一歩も出られないのだ。

困るのは雪隠《せっちん》に行く時だ。夜は闇に紛れて行っているが、昼間は皆が出働きに行った隙を見計らって行かなければならないのだ。

菊の苗売りと分かり、縋るように懇願されて、一晩だけだと匿ったのが運の尽き、おたつはほとほと困っているのだった。

「すまねえ、申し訳ねえ」

おたつが、羽釜を竈《かまど》に載せ、上がり框に腰を据えると、奥から清吉が出て来て言った。

「出てきちゃ駄目って言ってるだろ」

おたつは叱った。

清吉は慌てて奥に引っ込んだが、

「おたつさん、いるのかい？」

大家の庄兵衛の声がする。危機一髪、既《すんで》のところで清吉を匿っていることがバレずにすんだのだ。

大家の庄兵衛は、近頃戸を閉め切っているおたつを心配したのかもしれない。

「どうぞ」

おたつが声を掛けると、庄兵衛はやはり案じ顔で入って来た。

「無事でしたか……おたつさんが引きこもっている、呆《ぼ》けたんじゃないかってみんな心配しているもんですからね」

庄兵衛は上がり框に腰を据えると、早速煙草を取り出した。

「それで様子を見に来たって訳ですか。この通りぴんしゃんしていますので、ご心配なく」

「いやいや、私はそんな筈はないって言ったんですけどね。女たちが言うには、近頃御飯を二人前ぐらい食べているようだ。呆けたらお腹が膨れた感覚はなくなるらしいから、ずっと部屋に引きこもって、ただただ御飯食べまくってるんじゃないかって……」

おたつは笑った。なんとまあ想像逞しい連中ばかりだと思ったが、これも自分を案じてのこと。

「みんなに心配させてしまって、でもこの通り元気ですから……」

庄兵衛も笑って頷き煙草を吹かすと、

「そうだ、あのね、ずっと御用聞きたちが木戸口に頑張っているでしょ、いろいろ私も聞き出したところ、盗人が入られた馬喰町の池田屋っていうのは、紙問屋だったようですね。盗まれた金額は三十両……」

「三十両ですか……」

おたつは問い返しながら、清吉がかかわってないことにほっとしていた。

「紙問屋なら三十両の金など、たいして痛手ではないでしょうが、怪我人が出たって言ってましたでしょ」

庄兵衛は仕入れた話を話さずにはいられないって顔だ。

「で、どうなったんですか、その人は？」

おたつもそれとなく話を引き出す。

「亡くなったって言ってましたよ」

「それは気の毒に……」

「まったくです。御用聞きの話では、賊はいたち小僧らしいと……それもこのたびは手下一人を従えていたんじゃないかっていうんです」

「まさかねえ……」

おたつは笑った。手下とは清吉のことらしいが、ドジな清吉がいたち小僧の手下だなんて、へそでお茶を沸かす話だと思ったのだ。

「まっ、そういうことなんだけど、この長屋に逃げ込んだという読みも、勘違いだったかもしれねえなんて言っていましたからね。そろそろ木戸で見張るのは中止にするんじゃないですかね」

庄兵衛は吸い殻を煙草盆に叩き落とすと、

「さて……」

よっこらしょっと立ち上がって、

「かりんとうがなくなってね。おたつさん、深川に行くことがあれば、頼むよ。私もいろいろ買ってみたんだけど、おたつさんが買ってきてくれるかりんとうが一番美味しい、あれニッキが入ってるのあるでしょ。食べ出したらやめられないんだから」

じゃあと手を上げて、庄兵衛はおたつの家を出ていった。

おたつは、また大きなため息をついた。

長屋の者たちと話すたびに、ひやひやものだ。

「おたつさん、もうすぐここを出て行けるんだね……」

するとまた奥から清吉が這い出て来て、嬉しそうに言った。

おふくろさんなんて呼ばれるのは嫌だから、名前を教えてやったら、いっそう親しげに振舞うようになった。

――この男は、私の困惑迷惑を分かっているのか……。

おたつはことさらぶっきら棒な声で、

「駄目だって言ってるだろ」

奥に入っていなさいと手を振って追いやった。

おたつは深川に家を一軒持っている。

現花岡藩主佐野忠道の乳母であり、つい近年まで奥の総取締役だったおたつは、長年の藩への奉仕を認められ、慰労のためのひとつとして、深川に家屋を賜《たまわ》ったのだ。

だが、おたつはこの家を、ある大商人の隠居に貸して家屋の維持と収入を得ているのだ。

この日おたつは、その貸し屋に立ち寄ったのち、庄兵衛から頼まれているかりんとうを買い求め、その足で佐賀町にある料理屋『千石屋』に上がった。

千石屋は門から玄関への小道、そして客間から見える坪庭など、なかなかのしゃれた趣で、長い間大名家の奥で暮らして来たおたつには、久しぶりに懐かしい雰囲気に出会えたような気になった。

小座敷に上がって軽い昼を頼むと、小座敷から見える坪庭の笹竹や、ただ一本すっと背筋を伸ばしたようにある紅葉《もみじ》の若葉を眺めながら、清吉が本当にここで板前をやっていたのだろうかと思った。

まもなく料理が運ばれて来た。女中の説明によると、

「まず手前にございますが、江戸湾でとれた鯛《たい》と小鰺《こあじ》、それに鯖《さば》の三種のにぎり寿司でございます。そしてこちらのお椀ものは、豆腐の茶巾絞り……」

「へえ、豆腐を茶巾絞りに……」

おたつは目を見張った。

「はい、豆腐をすりつぶして甘辛く煮た人参を混ぜて絞っています」

なるほど、生地の中に赤いものが混じっているのは人参なのかと感心しておたつは見た。

豆腐そのものにも薄味がついているらしいが、その豆腐の上からあんが掛かっていて、三つ葉をさりげなく添えてあるのも、流石というところか。

「また……」

女中は、重々しく説明した。

「こちらは鯛のおすましです。そして大根と梅干しの膾《なます》に、香の物、食後は羊羹と御抹茶をお持ちします」

「ありがとう、十分です」

おたつは頷くと、ゆっくりと食事を始めた。

いずれも忙しい自分が作れるようなものではない。清吉の話を聞きに来たのだが、ただで話を聞くのもいかがなものかと思いつきで料理を頂くことにしたのだが、久しぶりの贅沢《ぜいたく》を味わうことになった。

おたつが膳の物を平らげた頃に、女中が今度は、羊羹と抹茶を点てたお椀を運んで来た。

「美味しく頂きました。実はお聞きしたいことがあって参ったのですが……」

おたつは、女将《おかみ》をこの部屋に呼んでくれるように女中に頼んだ。

女将はすぐにやって来た。

桜鼠《ねず》色の江戸小紋の小袖に、紫鳶《とび》色（暗い灰赤紫）の帯、その帯地の織りには微かに金糸がすっと走っている。

上品な中にも贅《ぜい》を匂わせる心憎い取り合わせに、おたつは驚きを隠せなかった。

しかも女将は四十そこそこ、腰のまわりのなまめかしさは、脂の乗りきった女の魅力が溢れんばかりだ。

「女将でございます。何かお気に召さないことでもおありでしょうか」

丁寧に腰を折る。

「いえいえ、そういうことではございません。大変美味しく頂きました。実はひとつお尋ねしたいことがございまして、それで参ったのです」

おたつは言った。おたつも長屋で使っているようなぞんざいな言葉ではない。

「はて、なんのお尋ねでございましょう？」

女将は、笑みを見せて首を傾げた。

「こちらに清吉さんという板前さんが居たようですが、間違いございませんか」

おたつは言った。

「はい、ここで修業しておりましたが、もう辞めております」

女将の言葉におたつは頷き、

「辞めたのは田舎の母親が病に倒れて……ということでしょうか？」

問いかけた。

女将は、怪訝《けげん》な顔でおたつを見た。何故《なにゆえ》に清吉の話を出して来たのか不審に思ったようだ。

「いえ、実は知り合いの者が小さな店を出しているのですが、清吉さんという人の板前の腕前は本物なのかどうかと心配しておりましてね。雇い入れるかどうか思案《しあん》しているようなんです。それで私が、深川に行ったついでにお尋ねしてみましょうかとなったんです。この歳になると、つい余計なおせっかいを焼きたくなりましてね」

嘘も方便、おたつは作り話を言った。まさか町方に追われて自分が匿っているとは言えなかったからだ。

女将は苦笑すると、ちょっと考えてから、

「ひと通りのことは出来ましょう。でもまだ修業の身でございましたから……清吉は気の良い人でしたが辛抱が今少し……私が申し上げるとすれば、それぐらいでしょうか」

そつのない返事をした。

「それと……」

言いにくそうな顔をして、

「先ほど田舎のおっかさんが病でという話をなさいましたが、ここを辞めた訳は、清吉は一年前から悪所通いが過ぎまして……」

　女将は苦笑する。

「ちょっと待って下さい。悪所通いというと、賭け事ですか、女でしょうか」

　おたつは女将の話に驚いていた。

「女です。気に入った女郎がいるようです。そうしますと、仕事にも気持ちが入らない。板長が注意をしたらしいのですが、どうにも止められないようでしたので、他の者にも示しがつかない、板長はそう言って暇を出したんです。うちは修業十年、満期を迎えて一人前になるまでは、悪所通いは禁止です。清吉に限ったことではありません。うちのお定め書きでございますので……」

　おたつは頷いた。そして女将に礼を述べた。だが、胸の中は怒りが渦巻いていた。せっかく頂いたご馳走の味も、久しぶりにほっこりした気持ちも吹っ飛んでしまったのだった。

　――あの嘘つき男め‼

　おたつの胸のうちは煮えたぎっていた。

# 四

「今話したことに言い分けが出来るのかい」

おたつは険しい目で清吉に言った。

清吉は、おたつの話をずっと頭を垂れて聞いていたが、うんともすんとも声を出さない。

「答えられないんだね。板前の修業を怠《なま》け、おまけに女郎に入れあげる。板長の注意も聞かない。それでお前さんは店を辞めさせられたんじゃないか。お前さんの方から暇をもらったのではない。先方から愛想を尽かされて暇を出されたんだ。それを、お前さんは私になんと言ったんだい……まさか忘れてる訳ではないだろうね」

清吉は、俯いたまま、こくりと頷く。

「人を騙すのだって他に言いようがあるだろう……母親が病で国に帰ろうとして暇をもらった……宿場で十三両盗まれた……みんな嘘っぱちだったんだ。お前さんは私を騙したんだ」

「いえ、そういうつもりでは……」

清吉はうろたえた顔を上げると、

「ただただ、追っ手から助かりたかった、その一心でした。母親の話を出せば同情もしてもらえると」

小さな声で言った。

「まったく、とんだ親不孝者だよ。おっかさんまで病気にして助かりたいのかね」

おたつは清吉を睨《ね》めつけた。

「……」

「田舎のおっかさんが泣いているよ。こんな倅に育てた覚えはないってね」

清吉は、しゅんとなって首を竦める。

「母親は腹を痛めた子供を我が身と同じように思っているんだよ。お前さんが腹が痛いといえば、自分の腹が痛いと思うし、また何かで苦しんでいると思えば、自分の心も苦しくなる。その苦しみを倅に代わって引き受けてやりたい、命だってなんだって、自分が身代わりになって幸せにしてやりたい、寝ても覚めても子供のことを考えているのが母親だ。特にお前さんのように、口減らしのために家から出している子供については、今日は元気にしていたのだろうか、明日は幸せを摑んでくれるのだろうかと、祈っているんだよ」

「……」

「もう顔を見るのも嫌だね。出て行っておくれ。そうだ、まだ木戸の辺りに見張りはいるんだ。何もやってない、潔白だというのなら、捕まってから申し開きをすればいいんだよ」

清吉は身じろぎもしない。

「それが出来ないのは、お前さんもお縄を掛けられるようなことをしているからだ。盗みに入ろうとしたことだけは確かなんだから」

「おたつさん、話を聞いてくれねえか」

清吉が顔を上げて言った。

「聞きたくないね。出て行くんだ。夕飯ぐらいは情けで食べさせてあげるから、陽が落ちて暗くなったら出ておいき」

おたつは立ち上がって、奥の部屋に行こうとした。

その背に、清吉は頭を畳にこすりつけて謝った。

「すまねえ、この通りだ」

おたつは奥の部屋に入って、ぴしゃりと戸を閉めた。

――まったく……。

自分のお人好しにも腹が立つ。

おたつは座ると目を閉じた。苛立つ心を落ち着けたかった。

戸の向こうから清吉の声が聞こえてきた。

「母親が病だという話は嘘でした。千石屋を出た訳も嘘をついておりやした。ですが、十三両の金を持っていたというのは本当です。千石屋から暇を出されて十三両いただきやした。それを持って一度田舎に帰ろうとしたのも本当の話です。おっかさんに、これだけ稼いだと見せてやって、喜んでもらって、三両ほどおっかさんに渡し、あとの十両は、この江戸に戻って、場末でいいから小さな店を持ち、好いた女を身請《みう》けして女房にし、細やかに暮らしたいと思ったんです。ですが、国に帰る道中の宿で、全部盗人に盗られてしまった……盗られたのは本当のことです」

――まだ嘘を並べるつもりなのか……。

おたつは立ち上がると、戸を開けて叱った。

「もうお前さんの話は聞きたくないね。清吉、言っておくが、お前さんが女郎を身請けするなんて話は、百年早いんだよ。そんなことも分からないのかね」

「分かっていやす。分かっていやすが、あっしは助けてやりてえんです。それには理由があるんです。あっしにはおなかっていう姉さんがいたんですが、家が貧乏なばっかりに、十五の時に女衒《ぜげん》の手で、この江戸の深川の女郎宿に売られました。年期は十年と聞いていたんですが、その十年を待たずに労咳《ろうがい》で亡くなったんです」

おたつは、立ったまま聞いている。清吉の真剣な顔つきを見て、これは本当の話なのかもしれないと思ったのだ。

「その亡くなった姉と、あっしが通っていた女郎宿の女が重なって見えて、なんとか助けてやることは出来ねえものかと、思うようになったんでさ……確かに、おたつさんがおっしゃるように、あっしのような男がそんな大それたことを考えるなんざ、お笑いぐさだ。それは分かっている」

清吉の声はくぐもっている。

今にも涙が滲み出るような目を、清吉はおたつに向けると、大きく息をついてから告白を続けた。

店も開けない。女も助けることは出来ない。とにかくまとまった金を欲しい清吉は、数ヶ月を堀の修理や人足など力仕事をしてみたが、そんなことでは望みを叶えることは難しいと分かった。

そこで、昼間は植木売りなどの臨時の仕事をし、夜を待って町を徘徊して、金のありそうな家を品定めするようになったのだった。

だが、盗みが成功したのは一件だけ。向島《むこうじま》の別邸で暮らす隠居の寝所に忍び込み三両を手にしている。

その家に忍び込むことが出来たのは、木戸が開いていたからだ。

しかしその後は夜の町の徘徊も無駄に終わっている。

今、名をとどろかせているいたち小僧とかいう盗人は、軽業師《かるわざし》のような身の軽さで、高い塀も乗り越えると聞いているが、清吉は子供の頃から木登りも出来ないような、情けない男児だったのだ。

たまたま先日も裏木戸が開いているのを見て、今夜こそはと思ったのだが、いた

ち小僧と間違えられて、この長屋に走り込んだのだと言い、

「そういう訳でした。今話したことに嘘はございやせん。おたつさんのおっしゃる通り、暗くなるのを待って出て行きやす」

清吉は、深々と頭を下げた。

「おや、おたつさん。あっしの方から伺おうと思っていたんでさ」

岩五郎は、店に入って来たおたつを見て、驚いたようだった。

実は弥之助から、今朝銭を渡した時に、

「おたつさん、今日の昼頃、岩五郎さんが訪ねて来るって言っていやしたぜ」

そう伝えられていたのである。

――ここに来られたら大変だ。

あの勘の鋭い岩五郎のことだ。清吉がいることはすぐに分かってしまうのではないか。

おたつは、そんな不安から、自分の方から岩五郎を訪ねたのだった。

おたつは清吉を追い出すつもりだった。また清吉も出て行く覚悟はしていたのだ

が、未《いま》だに木戸の見張りは解けずにいる。

万が一清吉がへまをして捕まったら、おたつだってただではすむまい。

また、清吉の話が本当なら、清吉がこれまでに盗んだ金額は三両だ。十両盗めば死罪だと言われているこのご時世で、三両ならば捕まっても死罪になることはないと思われる。

まして清吉が返金するなどして反省の色を見せれば、清吉自身が盗難に遭っていることもあり、追い詰められた清吉の情状を考慮してくれて罪を問うことはしないかもしれないのだ。

確かに母が病だなどと言って騙されたことについては、おたつも腹を立てたが、貧しい小百姓の次男が生きて行く過酷さを考えれば、同情の余地はある。

この世の中、百姓商人に限らず、武家でも次男三男に生まれた者は、飼い殺しになるか、養子に出されるかいずれかである。

名のある家に養子に入れば、その手腕を発揮することも出来るだろうが、多くの次男三男には、そんな華々しい将来を約束された道はないのだ。

昔のことだが、旗本の次男三男が徒党を組んで下級武士や町人を脅し、金を巻き上げていた話も聞いている。

次男三男が世に出て自分の思いを遂げられず、崩れて行く姿は珍しいものではないのだ。

けっして清吉だけを責められるものではない。おたつはそれらを分かっているからして、清吉に対して非情に徹しきれないのだ。

もちろん、木戸の見張りがいなくなれば出て行ってもらうつもりだ。ただ今は、乗りかかった船だと思うしかない。

「近くに用事があったものですからね」

おたつは店の中に入ると、岩五郎と向かい合って座った。

「いや、他でもありやせん。吉次朗様のことです。飛脚をたどっておりましたが、おおよそどの辺りに暮らしておられるのか分かりました」

岩五郎は神妙な顔をおたつに向け、

「小《こ》石川《いしかわ》谷《や》中《なか》辺りだと分かりました」

と言った。

「小石川谷中……」

おたつは呟き、その辺りに藩との繋がりがある武士や商人がいるのか考えてみたが、見当もつかなかった。

「小石川谷中を管轄する飛脚屋は『武蔵屋《むさしや》』という店だそうですが、武蔵屋に集まった文の中に、押上村の名主岡島藤兵衛さん宛てに送られて来た文があったのは間違いないということです」

岩五郎の言葉には自信が窺えた。

「調べてくれたのは、巳之吉さんと勘助さんだね」

おたつは岩五郎の手下の名を挙げた。

「へい、あの二人もお役に立ちたいと張り切っておりやしてね。まだ小石川や谷中の、この辺りだというところまでは摑んでいませんが、さして時間は掛からないと思います」

「ありがとう、ほっとしています。岩五郎さんには申し訳ないと思っています。一文の足しにもならないし手柄となる訳でもない頼みを引き受けていただいているんですから」

おたつは言った。

「とんでもねえ、あっしはおたつさんこそ、男も見習わなきゃならねえ人としての道を歩んでいると感服しておりやす。お屋敷で奉公していれば、総取締役多津様として何不自由なく暮らせるのに、その歳で長屋住まいまでして、言葉だってわざとぞんざいな物言いにして、おつきのお女中もいねえ一人暮らし。いくら吉次朗様のためとはいえ、出来ることではありやせんや」

岩五郎は言って笑った。

「今日はずいぶん褒めてくれるんだね。いやいや立ち寄って良かった、良い話を聞きました」

おたつは立ち上がった。あまり長く留守にすると、清吉が長屋の者や見張りの男たちに見付かってはいないかと不安になって来る。

「そうだ、おたつさん、おたつさんが居る稲荷長屋に盗賊のいたち小僧が入り込んだって聞きやしたが、本当ですかい？」

岩五郎はいきなり、いたち小僧の話を振ってきた。

「いいえ、根も葉もない話ですよ。もっとも、番屋の小者たちは未だ長屋を見張っていますけど」

おたつは笑って答えた。

「そうですかい、いや実をいうと、あっしも北町の旦那からいたち小僧の探索を手伝うように言われていて、あっしなりに当たっているんですが、敵も然《さ》る者、なかなか尻尾を掴めませんや。今どこに潜んでいるのか分かったもんじゃない。おたつさんも気を付けた方が良い、金貸しだって嗅ぎつけられたら、入られるかもしれねえぜ」

岩五郎はそう言って、おたつを送り出した。

五

「ご苦労さまでございます」

岩五郎の店から帰って来たおたつは、木戸の入り口で酒樽に座り、魂の抜けたような顔をしている二人の小者に声を掛けた。

「通っていいぞ」

小者は面倒くさそうに手をひらひらと長屋の中の方に振った。

「お疲れでございましょうね」

おたつは、にこりと笑って、包みを小者に差し出した。

「あなたたちのお陰で枕を高くして暮らせます。今日はね、そこで買って来たおだんごですけど、力をつけていただければと思いまして、どうぞ、召し上がって下さい」

「良いのか……」

小太りの小者が目を丸くした。

「はい、どうぞ。そしてこちらが……」

青竹に入っている酒を差し出した。

「お茶代わりです。喉を詰めるといけませんからね。本当はお茶の方が良いのですが……」

愛想を振りまく。

「何、お茶より、こちらが良い。おい、お前も礼を言わんか」

もう一人の若い小者の肩を、つっついた。

「申し訳ねえ」

若い小者は、ぺこりと頭を下げた。

「いいんですよ、私たちは大変だなあ、ご苦労なことだと拝見していますよ。お気に召したら、またお届けします」

「それは有り難い。わしらも、もういい加減にしたらどうかと言っているんですがね。これだけ見張っていても、猫の子一匹いねえんですから」

小太りの小者は言う。もう飽き飽きしている様子だ。

「すると、まだいつまでという話にはなっていないんですね」

おたつは、ようやく肝心なことを尋ねた。

「そうなんだが、もうそろそろ見張りは解かれるに違いねえ。今思案しているところだと聞いているぜ」

「それはそれは……ご苦労さまです」

おたつは頭を下げると、自分の長屋まで平然として歩き、玄関に立った。

「トキ、誰も怪しい者は来なかっただろうね」

戸を閉めた玄関前で、いねむりをしているトキの頭を撫で、ちらと木戸の小者たちに視線を走らせてから、小さく戸を叩いた。

すると、清吉が中から心張り棒を外して戸を開けた。

「おかえりやす」

「誰の目にもつかなかったろうね」

おたつは、戸を閉めて言った。

「へい、大丈夫です」

清吉は笑顔で言ったが、その笑顔の向こう、台所に膳を二つ置き、その膳に食事の支度がしてあるのに気がついた。

「匿ってもらって何の役にも立っていやせん。せめて食事でも作ってと思い立ちまして」

清吉は、照れくさそうに言う。

膳の上には、味噌だれを掛けたふろふき大根、鯖の塩焼き、そして青菜の味噌汁が用意されていた。

「ありがたいけど、今後は止しておくれ。人の目に留まれば大変なことになるんだから」

おたつは強いて厳しく言って膳の前に座った。

盛り付けた御飯が温かいのは、蒸し器であたためたのだという。

心配りに感心したが、よくも気づかれなかったものだと、おたつはふろふき大根に箸をつけた。

――美味しい……。

千石屋を修業途中で追い出されたとはいえ、八年も板前として研鑽《けんさん》して来ているのだ。そんじょそこらの煮売り屋の物とは比べものにならないほど美味《うま》かった。

「大根に染み込んでいるお出《だ》しの味も良いし、この味噌だれの甘さも丁度いい……」

つい褒めたおたつに、清吉は嬉しそうだ。

「清吉さん、お前さんは、このたびのことで難を逃れられたら、独り立ちして店を構えるのも良いかもしれないね」

「ありがとうございやす」

「ただ、女のことは諦めるんだね。二兎《にと》を追えば失敗する。いずれも手に入れることは出来ない。そういうことわざがあるのも知っているだろ」

おたつは箸を置いて清吉に言った。

清吉は下を向いたが、返事はしなかった。

余程の愛情が女郎にあるものと思われる。だが今の清吉が、ささやかながら店でも持つためには、女を追いかけていたのでは、まず成さないであろうと、おたつは思った。

「まっ、ゆっくり考えて……木戸で見張っている小者も、そろそろ引き上げるに違いないから、おまえさんの新しい門出は、その時からだ、この長屋を出てからだ」

言い聞かせて、清吉が淹れたお茶を飲もうと手にしたその時、

「おたつさん、もう戸を閉めたのかい？」

表で弥之助の声がする。

おたつと清吉は、はっと顔を見合わせる。次の瞬間、清吉は自分の膳を両手で持って、奥の部屋に駆け込んだ。

「弥之助さんだね」

おたつは土間に下りて戸を開けた。

「なんだ、もう寝ちまったのかと思ったよ」

心配そうな顔で弥之助は言う。

「まさか……」

おたつは笑って誤魔化したが、弥之助は真顔で、

「いや、ちょっとおたつさんが心配になって、来てみたんだけどね」

上がり框に座ると、

「実は夕べのことだけどさ、亥《い》の刻（午後十時頃）だったか、あっしは雪隠に行きたくなって路地に出たんだよ。そしたら、黒い影が雪隠から出て来て、すーっと音もなく走って、この家に入ったんだよ」

「あははは……」

おたつは、大げさに笑った。

「笑ってる場合じゃないだろ。この間の騒動もまだ続いているし、心配したんじゃないか」

弥之助は、頬を膨らませた。

「ごめんごめん、お前さんは寝ぼけていたんじゃないのかね、ご覧の通り、誰もいやしませんよ」

おたつは、背後の部屋を振り返って眺め、弥之助に言った。

「だよな、俺も寝ぼけていたのかと思ったんだが、気になってね。まさかおたつさんが男と暮らしている訳ないもんな」

「この年寄りじゃあ、誰も相手にしないよ」

おたつは笑った。

「そんなことはないぜ。おたつさんは金持ちだ。おたつさんに取り入って暮らそうって男もいるかもしれねえぜ。だって、おたつさんが亡くなれば、おたつさんの財産は、全部、自分のものになるんだから」

「ちょっと、縁起の悪いこと言わないでおくれ。あたしゃね、人の倍は生きてやるって勢いでいるんだから」

「怖い、それじゃあお化けじゃないか」

「とにかくね、お前さんが今言ったような心配はいらないから」

弥之助は首を傾げていたが、立ち上がった。

「戸締まりをしっかりした方がいいよ」

そんな言葉をおたつに掛けて外に出ようとするのだが、また振り向いて、

「近頃、御飯も二人前は食べているらしいけど、呆けてはいないよな」

「いないよ」

おたつが、はっきりと断言したものだから、弥之助はそれ以上心配するのを諦めて帰って行った。

おたつは土間に下りて心張り棒をすると、このままではいけない、バレるのも時間の問題だと思った。

翌日おたつは、医者の田中道喜に長屋に来てくれるよう弥之助に伝言を頼んだ。

弥之助にもその時刻に、家に来てもらいたいと告げた。

二人がやって来たのは、長屋の路地が薄墨色に染まり、住人もそれぞれの家の中で食後のひとときを過ごしている頃だった。

「まだ見張りがいるよ。いちいち出入りを詮索《せんさく》されて、面白くねえ」

弥之助は入ってくるなり愚痴を言った。

小者も気の乗らない見張りをやらされて、そのうっぷんを長屋の者たちを嫌がらせることで晴らしているのかもしれない。

「二人とも、上がって座ってくれないかね」

おたつは、二人を座らせると、

「これから重大な話をするけど、長屋の者たちには絶対に話さない、そう約束してもらいたい」

固い表情で、まずそう言った。

道喜も弥之助も、神妙な顔で頷く。

おたつは、二人の同意を見て、奥に向かって声を上げた。

すると、奥の部屋から清吉が出て来たのだ。

「えっ、どういうことだ……」

弥之助は思わず大きな声を上げたが、おたつの顔を見て、両手を口に当てて口を噤《つぐ》んだ。

神妙な顔で皆の前に清吉が正座すると、

「実はこういうことなんだよ……」

おたつは、盗賊が長屋に侵入したと騒ぎがあった夜のことから、今日までの話を二人に順を追って伝えた。

弥之助は頷いて、

「やっぱりあっしの目は間違っていなかったんだな。あれからあっしは、頭が変になっちまったのかもしれねえと心配していたんだぜ」

おたつに愚痴った。

「すまない、許しておくれ。でね、これ以上この長屋にいては何時かバレる。そうなったら厄介なことになるんだから、なんとかして長屋の外に出さなきゃならない。それで二人に何か良い知恵がないものか、あればその知恵を貸してほしくて来てもらったんだよ」

おたつは言った。

「申し訳ない、よろしくお願いいたしやす」

清吉は頭を下げた。

「まったく、何がよろしくだ」

弥之助は舌打ちをする。まさかこんなことを頼まれるなんて想像もしていなかった。こんな見ず知らずの奴に手を貸してやらなきゃならないなんて、

――頼み人がおたつさんでなければ、即座にこの場から逃げ出す話じゃねえか。

おたつに不満を言えない弥之助は、俯き加減にしおらしい顔を作って膝を揃えている清吉を睨んだ。

道喜も困った顔をしている。医者の私にどうしろというのだという顔だ。当然の反応だった。

四人はしばらく黙って座っていたが、業を煮やして弥之助が、

「おたつさん、このアホな男に、約束させてほしいことがあるんだが……それが出来ないというのなら、いくらおたつさんの頼みとはいえ、あっしは、この話、降ろさせてもらいやす」

清吉にちらと視線を投げて言った。

おたつは頷き、何を約束してほしいんだいという目で弥之助を見た。

「今おたつさんが話してくれた中に、成功した盗みの話がありやした。向島の別邸で暮らす隠居の寝所から三両盗み出した話です。その三両を返金し、詫びて許しを得ることが出来るのかどうか……もっとも三両使ってしまっているなら返すことも出来ないだろうが……」

弥之助は皮肉っぽく言い、清吉を睨んだ。すると道喜も、

「私も弥之助さんに同感です。おたつさんの頼みなら何をおいてもさせていただくつもりですが、盗人の手伝いは御免被りたい。ただし、心を入れ替え、三両を返金し、今後盗みはしないというのなら、今回に限りお手伝いいたします」

清吉の顔を見詰めた。するとおたつが、

「清吉さん、二人の気持ち聞いただろ……約束出来るのか返事をしなさい」

小さいが厳しい声で清吉に問う。

清吉は俯いたまま言った。

「へい、返金します。詫びも入れます。その詫びを聞いてくれるかどうかは分かりやせんが、やります」

「約束だぞ」

弥之助が念を押すと、清吉は顔を上げて、はっきりとした声で約束した。

「あっしも綺麗になりたい。三両の金のことでずっと人の物を盗んだのだと苦い思いをしなければなりやせん。ここに来るまでは世を恨んでおりやしたから、そこまで考えが及びませんでした。でもここで数日おたつさんに匿ってもらって暮らしているうちに、あっしはいろいろと学びました。人はまっとうに生きなきゃならねえってことを知りやした」

「調子がいいこと言って」

弥之助が小さな声でぶつくさ言ったが、

「弥之助さん、あっしは今、匿ってくれたおたつさんに報いるためにも、ここから出ることが出来たなら、まっとうに生きようって心に誓っておりやす」

清吉は決心した目で弥之助を見る。

「よし、約束は守ってもらうぜ」

弥之助は念を押し、少し優しい顔になって、

「実はあっしもよ、何も虐《いじ》めるつもりで言ってるんじゃねえんだよ。あっしも口減らしのために江戸に出て来た人間だ。暮らしひとつをたてるのだって大変なことだって分かってる。ここで暮らしていけるのも、おたつさんがいればこそと感謝している。おたつさんがいなかったら、今頃どんな暮らしをしていたか分からねえ。きっとやけっぱちになっていたろうことは想像出来る。だけどな、人様の物を頂戴しようなんてことは一度も考えたことがねえぜ。それをやったら人としておしめえだってことを知っているからだ。清吉さんよ、今日ここでした約束を破り、また人の

物を狙ったりした時には、あっしは許さねえぜ。それだけは覚えておいてくれ」

弥之助が言い聞かすと、今度は道喜が、

「私もこんな話は初めてするのだが、私は御家人の家の次男坊です。お察しの通り、家を出て医者の修行をして、いまここにいる。おたつさんに会わなかったら、私の性格では盗人は出来ないから、行き倒れになっていたかもしれない。人間は切羽詰まった時には、かえって大きく飛ぶことが出来るということを知った。ただ大きく飛ぶために必要なのは自分との戦いなのだ。清吉さんも強い信念を持ってやりなおすのだ」

諭すように清吉に言った。

清吉はもう一度、二人に頭を下げていた。

おたつは弥之助や道喜の話を聞いていて、随分と変わったなと、初めて会った日のことを思い出していた。

「本題に入るが……」

弥之助はここで一転、真剣な表情でおたつの方に顔を向けると、

「おたつさん、まず小者を撒かなくちゃあ表通りに出られねえ。そのためには、夜

陰に紛れて長屋を出て行くことだ。とすると、小者の見張りをどうやって撒くかということになる」

おたつは頷いた。

「それそれ、それで道喜先生に来てもらったんだよ。昨日私は小者に差し入れしたんだけどね、喜んで受けとってくれたんです。そこで、清吉さんを木戸から出す夕刻には、酒を差し入れしてやろうと考えているんです。初めての差し入れではないから疑うことはしない筈だ。先生に頼みたいのは、その酒に入れる眠り薬を用意してほしいんだよ」

思いがけない頼みに、

「おたつさん……」

道喜は苦笑した。

「何、ほんのしばらく、そうだね、四半刻も寝てもらえばいいんだから。本人たちも気づかないぐらいの量でいいんだよ。私が薬種問屋からその手の薬を買って来て混入しても良かったんだけど、量を間違えるとまずいからね。それで、お前さんに来てもらったって訳なんだ」

おたつは笑った。

だが、困惑している道喜に気づくと、

「あのね、私が不眠で困っている。それで薬を処方した。そういうことなら問題ないんだから」

おたつは、きっぱりと言った。

六

翌日のことだった。

おたつは酒とっくりを抱えて帰って来ると、木戸口にいた小者二人に、

「ご苦労さまです」

酒とっくりを小太りの小者の膝に置いた。

「すまねえ、いいのかい？」

小太りの小者は、相好《そうごう》を崩して言った。

「毎日大変だろうと思いましてね、いや、実は私の倅も麹町《こうじまち》の方で皆さんと同じお

役目についてまして、お二人が毎日ここに縛り付けられているのを見るにつけ、倅のことを思い出しましてね、とても人ごととは思えないんです」

おたつは、作り話をして二人を労《いたわ》るような目で見た。

「そうだったんですかい、いや、あっしたち二人も、お前さんを身内のような気がして見ていたんでさ」

なあというように、若い小者の肘を小太りの小者は小突いた。

「まったくです。何か家の中のことで、力仕事なぞありやしたら言って下さい」

若い小者もお追従《ついしょう》で言う。

「ありがとう、優しいんだね。私は一人暮らしですからね。こうしてお話が出来るのが嬉しいです。あっ、そうだ。お酒を飲むお茶碗、持ってきましょうか？」

おたつは二人の顔を見る。

すると小太りの小者が、にやりと笑って、袂から湯飲み茶碗を出した。同じように若い小者も、袂から湯飲み茶碗を出す。

「あらまあ、用意の良いことです」

おたつは、照れ顔で笑った。

二人の小者も、楽しそうに笑う。

「じゃあね」

おたつは大げさに手を振って自分の家に戻りながら、眠り薬を渡された時の、道喜の言葉を思い出していた。

「飲み始めてから四半刻ぐらい経った頃から眠気が襲って来る筈です。ですが分量が少ないですから、すぐに目が覚めます。酒を飲んだ本人も、酔っ払ってついうとしてしまった、ぐらいの量ですから、その時を見逃さないように……」

おたつは、自分の家の前まで歩いて来ると、振り返って小者の様子を見た。

二人は楽しそうに飲み交わしている。

おたつは、それを確かめてから家の中に入った。

「おたつさん、用意は出来てますぜ」

弥之助が迎えてくれたが、その後ろに立っている白塗りの女を見て、おたつはぎょっとした。

清吉が女に変装していたのだ。顔を白く塗り、紅を付け、女物の着物を着ている。

ただし、髷だけはそのままだから、視線がそこに及んだ時、

「ぷっ」

おたつは思わず噴き出した。

「頰かぶりでもさせなきゃね。それにしてもまあ、気持ちの悪い」

後から後から笑いがこみ上げて来る。

「大丈夫だよ、筵《むしろ》を持たせて夜鷹《よたか》に仕上げようと思っているんだ」

弥之助は、古着屋で着物を選んだり、小間物屋で白粉を買ったりと、今日一日大変だったとおたつに訴える。

「分かった分かった。それより急いで何か食べておかなくては……」

おたつは、今朝のうちに作っておいた握り飯を大皿に入れて出した。

「さあ、今お茶を淹れるからね、二人ともたくさんお食べ」

「すまねえ……」

清吉が握り飯を取って食べ始めた。

弥之助も、負けじと握り飯にかぶりつく。

「ううっ……」

清吉が口を握り飯で一杯にしながら、泣き出した。

「止めてくれよ。せっかく綺麗に化粧をしてやったのに、崩れるじゃねえか。それに、口いっぱいに飯を入れて泣くのは止めろ、汚ねえよ」

弥之助に叱られて、清吉は口の中にある握り飯を飲み込むと、

「ここで暮らしたこと、忘れません。こんなに良くしていただいて、恩にきます」

泣きながら言う。

「また泣くのか。清吉、おたつさんだって俺だって、みんなやりたくてこんなことをしてるんじゃねえぞ」

弥之助は叱りつけた。

おたつは、頃合いを見て外に出た。

既に路地には闇が忍び寄り、長屋の者たちも路地に出ている者はいない。

おたつは、足音を忍ばせて木戸口に近づいた。

二人の小者が、闇の中で眠りこけていた。

急いで自分の家に戻ったおたつは、既に準備万端の二人に頷いた。

「じゃあ」

弥之助は言って、白塗りした清吉の手を取って木戸に走った。

そして小者の様子を確めたのち、木戸を抜けて大通りに出た。

「もう大丈夫です」

清吉は言った。

「そうかい、じゃ、そこの角まで行けばもう大丈夫だから。一気に走ればいい」

弥之助はそう言うと、薄闇の中に消えていく清吉を見送った。

だが翌昼過ぎのことだった。

おたつが裏庭の菊の苗に水をやっていると、乱暴に玄関の戸が開いて、

「おたつさん、大変だ。清吉が捕まった」

弥之助の叫びが聞こえた。

驚いて出て行くと、弥之助は棒手振りの野菜籠を土間に投げるように置いて、

「清吉に縄を掛けたのは、この間この長屋にやって来た、あの岡っ引らしいんだ」

岡っ引は小者の見張りとは別に、一日に何度も様子を見に木戸口までやって来ていたようだ。

ただ、弥之助と一緒に長屋を出た時には岡っ引の姿はなかった。すると弥之助と

別れた後に捕まったということになる。

　女の格好をしていた清吉が何故ドジを踏んでしまったのか、弥之助はそこまでは知らなかった。

「その話、どこで聞いたんだい？」

　おたつは訊く。

「横山町二丁目の番屋の隣の米屋だよ。夕べ女装した男が捕まって番屋に引っ張られて来たって」

「確かに捕まったのは清吉さんか確かめたのかい？」

「いえ」

　おたつの問いかけに、弥之助は首を横に振った。

　番屋に立ち寄ってみたのはみたんだが、そしたらなんと、最初にここの長屋にやって来て、横柄な態度をとっていたあの岡っ引が出て来たというのであった。

　岡っ引は、弥之助の顔を覚えていた。

「稲荷長屋の者だな」

　開口一番そう言って、ここに何しに来たのだと険しい顔で訊く。

弥之助は、隣の米屋で女装をした男が捕まったと聞き、見てみたいものだと好奇心にかられてやって来たのだと告げた。

「帰れ、近寄るんじゃねえ。お前も盗人いたち小僧の仲間だと思われるぞ」

岡っ引は十手を引き抜いて見せた。

「えっ、女装の男はいたち小僧だったんですかい」

弥之助は興味津々の顔で尋ねる。

「間違いねえ。いくら化粧してたって、俺は一度この目で、しっかりと見てるんだ。盗みに入って出て来たところから、おめえさんの長屋に逃げ込むところまでをね」

「へえ、すると、いたち小僧は、あっしたちの長屋の近くに住処《すみか》があったんですかね」

「その詳議はこれからだ。これ以上は話せん。帰れ帰れ」

弥之助は岡っ引に追っ払われるようにして、すごすごと長屋に帰って来たのだと言う。

おたつは聞き終わると言った。

「うかつに番屋には近づけないようだね」

「あんなドジな男をいたち小僧だっていう岡っ引も岡っ引だけど、いたち小僧でないことが分かったら番屋から出してくれるに違いないんだから、おたつさん、もうあんな奴、放っておいた方がいいよ」

弥之助はまだ怒りを胸に残したまま、荒っぽい足取りで出て行った。口汚く罵《のの》しっているが、弥之助が清吉のことを案じているのは間違いない。

おたつはしばらく考えていたが、まもなく家を出た。

木戸にはもう小者たちの姿はなかった。清吉が捕まったことで、盗賊いたち小僧の捕縛は決着したとの判断か、長屋の者たちの煩わしさはなくなった。

だが、おたつは心穏やかではいられなかった。

清吉は面倒くさい男だったが、いたち小僧などではないことは確かである。第一、あのドジ男に、いたち小僧の働きが出来る訳がないではないか。

おたつは足を急がせて、汐見橋に向かった。岩五郎に会いに行くためだ。このことを他に相談することは難しい。

「おたつさん！」

おたつは、浜町堀に出たところで声を掛けられた。

岩五郎が店の方から歩いて来た。

「あっしに何か御用でも……」

おたつは頷き、荒い息を整えながら、相談したいことがあって急いでやって来たのだと言い、顔を回して目に留まった、すぐ近くにあるしるこ屋に誘った。

「やっかいなことに関わってしまってね、黙って見ている訳にもいかなくて……岩さん、この間いたち小僧の探索にかり出されているんだと言っていたね」

「ああ、それね。昨夜女装をしたいたち小僧を捕まえたというので、あっしもこれから奴の面を拝んで来ようかと……」

岩五郎が最後まで言わないうちに、

「ちょっと待って、私が岩さんに相談というのは、そのことなんですよ」

おたつは岩五郎の話の腰を折った。

きょとんとした顔でおたつを見た岩五郎に、

「その女装をした男は、いたち小僧じゃありませんよ。いたち小僧に間違えられて稲荷長屋に紛れ込んでいた男でね、清吉というんですが、私が匿っていた男なんです」

「なんとまあ……」

岩五郎は呆れ顔だ。

「ドジな男でね。捕まらなかったら、こうして岩さんに話すこともなかったでしょうが、実はこういう事情だったんですよ」

おたつは、いたち小僧騒ぎで長屋に紛れ込んで来た清吉の、これまでの一部始終を岩五郎に話した。

岩五郎は聞き終わると、

「おたつさんは少し様子を見ていて下さい。あっしが一度会ってみます。清吉っていうその男が、いたち小僧でないのなら、ひと通りの調べを受けたあとで解き放たれる筈だ。逐一《ちくいち》報告しますよ」

心強い言葉をおたつに告げた。

七

その頃清吉は、横山町の番屋の奥にある板の間に繋がれて、岡っ引に十手の先を喉に突きつけられ、白状を迫られていた。

女装をした清吉の顔は、塗りたくったお白粉や紅が涙と汗でぐちゃぐちゃになり、まるで芝居で観るおばけのようだ。着物も前が開《はだ》けていて、見るに堪えない醜態《しゅうたい》である。

「何もかも白状すれば、楽になるんだぜ」

ぐいっと清吉の髷を握って顔を仰向けさせているこの岡っ引は、長屋にもやって来たことのある、あの目の鋭い男だった。その名を捨蔵《すてぞう》という。

「お、親分さん、あっしは何も知らねえんです。あっしはあの家に盗人に入ったりしてねえ、本当です」

清吉は、息もきれぎれに言う。

「だったら、なぜ、あそこに居たんだよ。おめえと、もう一人居たらしいな。仲間だろうが……」

「し、知りませんよ」

必死に抵抗する清吉の顔を、捨蔵はぐいともう一度上げて、

「俺の顔を見ろ！」

無理矢理視線を向けさせる。

かすんだ目で清吉は捨蔵の顔に焦点を当てようとするのだが、見えたのは捨蔵の肘の内側《ないそく》。そこに蛇の頭のような物が見えてぎょっとする。

だがすぐに、清吉の首はだらりと落ち、捨蔵は調べもこれまでと思ったのか、舌打ちして立ち上がった。

その時だった。番屋の土間に岩五郎が入って来た。

「これは岩五郎の親分さん……」

小者は岩五郎の出現に驚いたようだった。

つい最近まで出入りしていた番屋だ。岩五郎を知らぬ小者はいない。

「いや、いたち小僧らしい者が捕まったと聞いてな」

岩五郎がそう言って奥の板間に視線を走らせると、小者は、今捨蔵という親分さんが調べているようだが、と言った。

すると奥から捨蔵が出て来て、小者に言った。

「しぶてえ野郎だ。力を入れすぎて腹が減った。飯を食ってくるから、見張っておれ」

偉そうに言い置いて、岩五郎をちらと睨んでから出かけて行った。

「初めて見る顔だな。なんという旦那から十手を預かっているのだ?」

岩五郎が訊いた。

「へい、臨時回りの福田様です。半年前から十手を預かっていると聞いています。元は火付盗賊改方《ひつけとうぞくあらためかた》の高崎様の御用聞きをしていたようですが、高崎様がお役替えになり、お役御免になっていたところ、臨時回りの福田様の目に留まって十手を授かったと聞いておりやす」

岩五郎は頷いた。

「なにしろ捨蔵親分にかかったら、白状しねえ者がいねえってくらいつるし上げて吐かせるのに長《た》けた人ですから……」

小者は小声で言った。

「許せねえな、岡っ引に、そこまでの権限はねえ。ここは火付盗賊改方の屋敷じゃねえんだ」

岩五郎は言った。

「まったくです」

小者は言う。

「いや、ここに来たのは他でもねえ。捕まったという男に会わせてもらいてえんだ」

「分かりやした」

小者は頷いて、岩五郎を部屋に上げた。

板間への戸を開けると、清吉は縄で体を縛られていたが、その縄の両端は、壁についている鉄のわっかに繋がれて、身動き出来ない状態になっていた。

「ひでえや」

岩五郎は呟いた。

縄を解いてやりたいが、今の岩五郎にその権限はない。仮に自分が十手を持っていても、他の者が掛けた縄を勝手に解く訳にはいかない。岡っ引には岡っ引の縄張りがある。

「清吉さん、聞こえるか」

岩五郎が、清吉の耳元に声を掛けると、清吉は目をつむったままだが、こくりと頷いた。

「そうか、あっしは岩五郎という者だが、おたつさんから頼まれて、お前さんの様子を見に来たのだ」

「お、おたつさん……」

清吉は、うっすらと目を開けた。

「心配していたぞ」

岩五郎が耳元にそう言うと、清吉の顔が瞬く間に泣き顔になった。

「おたつさんが……」

「しっかりしろ」

岩五郎は叱る。

「だって、どう説明しても信じてくれねえんだよ。どうでもあっしを盗人に仕立て上げようとしているんだ。白状すれば楽になるぞと脅されて……」

「そんな言葉に騙されるな。言いなりに白状したなら、死罪だぞ」

「死罪！」

清吉は目を開けた。殴られて腫れた目の辺りが痛々しい。

「そうだ、盗人に入られた店は、馬喰町の池田屋。その池田屋の手代《てだい》が逃げる盗人ともみ合いになって刺され、つい先日亡くなったことが分かった。盗人だけの罪ではねえ。盗人の罪に加えて下手人となる」

「どうすりゃいいんだよ」

清吉は泣く。清吉の頭は男の髷だ。ところが顔は崩れた白塗り、着物は女物。開けた裾から見える足には黒い毛が生えていて、見苦しい格好だが、あわれといえばあわれ。

「いいか、お前さんが盗人に仕立て上げられた話はおたつさんから聞いている。それに間違いないんだな」

岩五郎が念を押すと、清吉はこくりと頷いた。

「よし、で、その時いたち小僧と出会った訳だが、何か思い出すことはないのか……例えば、ほくろがあったとか、顔に傷があったとか……」

清吉は、岩五郎の質問に首を振って、夜だったたし、布で顔をおおっていたし、それにこっちも動転していたから覚えがないという。

「いいか、頃合いを見て、また来る。その間に、どんな小さなことでもいい、思い出すんだ。お前が会ったいたち小僧は、どんな人相だったのか。背は高かったのか低かったのか、太っていたか痩せていたか、何でもいい」

岩五郎はそう告げて立ち上がった。すると、

「待ってくれ、おたつさんに伝えてほしいことがあるんです」

清吉は、力を振り絞って言った。

おたつは、深川の亥口橋に立ち、息を整えた。

米沢町の長屋から、この亥口橋まで、足を急がせてやって来たのだが、流石に息が切れた。

この辺りは深川櫓下《やぐらした》と呼ばれる女郎宿が連なる一帯だ。

永代寺《えいたいじ》門前の大通り山本町あたりを表櫓、横町を裏櫓と呼んでいるが、おたつが今立っている亥口橋の南通りは、裾継《すそつぎ》と呼ばれている。

表櫓には、枡屋、井筒屋など十四軒の女郎屋が軒を連ねており、いずれも女郎は呼び出しで、客はお店者《たなもの》が七割を占めるという。

裏櫓の方は、万年屋、海老屋など四軒と妓家が五軒あり、こちらは総伏玉《ふせだま》、つまり女郎は女郎宿に居着いているという訳だ。

また裾継と呼ばれている所には吉本、亀屋など五間の女郎宿があるが、こちらも総伏玉だ。

いずれも、二朱もあれば女を抱けるが、清吉が通っていた女郎宿は裾継にある『鷲尾屋《わしおや》』だということだった。

先日横山町の番屋で清吉に会った岩五郎から、おたつは清吉の伝言を受けた。深川の女郎宿に出向き、よしのという女郎に会って、約束していた身請けの話は難しくなった旨、伝えてほしいというのであった。

「なんならあっしが行ってきやしょうか?」

岩五郎は言ってくれたが、おたつは、

「いえ、私もずっと気になっていましたから……」

断ってやって来たのだった。

清吉が告白した女郎との話も、おたつは半信半疑だった。なにしろ最初に、おふくろが病で、などと嘘をついていた男だ。

清吉と熱烈に心を通わせた女が本当にいるのかと、この目で確かめたいという気持ちもあった。

おたつはまもなく、鷲尾屋の前に立ち宿を見上げていた。

二階建ての宿の前には、女郎数名が出ていて、昼の客を捕まえようと待ち構えている。

「よしのという人に会いたいのだがね」

おたつが尋ねると、女は投げやりな顔で、

「今ね、病気になっちまってさ。会わせてもらえるかどうか、女将さんに聞いておくれよ」

その女郎は玄関におたつを待たせて、女将を呼んで来てくれた。

「おたくさまは、よしのの身内の人ですか……」

女将はおたつに訊く。五十がらみの痩せた女で、顔の皺が夥《おびただ》しい。

「いえ、人に頼まれましてね。会って話しておきたいことがありまして……」

おたつは、女将の掌に金二朱を落とした。

この宿で女郎を買おうと思ったら、ひと切りが二朱だと聞いている。

女将は、掌の金二朱を確かめると、

「よしのは病に臥せっておりますよ。それでも良かったらどうぞ」

おたつを店の中に上げて、

「日に日に弱っていっています。宿としては迷惑この上なしです」

おたつに不満を述べながら、宿の二階に上がる段梯子《だんばしご》の下にある物置に案内した。戸を開けた途端、湿った嫌な臭いがした。病人は体を拭いてもらうこともなく、ただ押し込められて寝かされているようだった。

窓はなく灯りも点いていなかった。ただ、突き当たりの壁板が傷み、穴が開いていて、そこから漏れて来る光を頼りに臥せっているようだった。

壁板の向こうは宿の廊下のようで、煌々《こうこう》と灯りが照らしている。

壁ひとつで闇の世界と光の世界に分かれているように思えたが、しかし、その光に見えるこの宿の世界は、女の苦痛を伴うものだ。

「じゃあ」

女将は部屋の中に入ろうともせず、さっさと引き返して行った。

――なんて女だ……。

おたつの胸に怒りが湧いてくる。

「よしのさんだね」

おたつは、弱い光を頼りに、臥せっているよしのの枕元に座った。

すると突然、よしのは激しい咳《せき》をした。上向いて寝ていられず、体を横にして咳をする。

「大丈夫かい……」

おたつは、よしのの背中を撫でてやった。

「すみません」

ようやく咳が治まると、よしのは言った。

病で青白くなった顔を、おたつに向けたが、目鼻立ちの整ったなかなかの美形だった。

奥の女中の品定めをしてきたおたつの目に適う顔立ちだった。

「どなたか存じませんが、あたしの病は労咳だと思います。近寄らないで下さい」

よしのは言う。

「医者に診てもらったのかい？」

おたつが訊くと、よしのはうっすらと笑って、

「もういいんです。生きていくのに疲れました」

何か達観しているような口調である。

「若いのに、これからじゃないか」

おたつはそう慰めてから、自分はおたつという者だが、清吉の使いで、よしのの様子を見に来たのだと告げた。

「清吉さんの……」

一瞬だが、よしの頬に生気が見えた。

――ああそうだったのか……。

この女は、清吉を慕《した》っていたのだ。清吉の言ったことは嘘ではなかったのだと思って見詰め、

「身請けして一緒に住みたいって言っていたんだね」

おたつが尋ねると、よしのは小さく頷いたが、

「おままごとの話ですから……」

寂しく笑った。

おたつは言葉に詰まった。

見るからに生きて長くはないだろうと思われるよしのに、清吉の伝言を話すのは

酷だと思った。

清吉の伝言というのは、こうだった。

「身請け話は難しくなった。誰か良い人がいたら身請けしてもらって幸せになってくれ」

そんな言葉を、この病んでいるよしのに言える訳がない。

「清吉さんはね、今すぐには難しいが、待っていてほしいと言っていましたよ。これからお金を貯めなくちゃならないんだと言ってね。だから、弱気にならないで……」

「ありがとうございます。清吉さんには、もう私のことは忘れて下さいとお伝え下さい」

よしのは言った。

「よしのさん……」

おたつは窘《たしな》めるように声を掛けたが、

「私、自分の命、分かっています。でも、こうしてここに寝て、これまでのこと、いろいろと考えていると、最後に清吉さんに会ったこと、それだけは私にとって幸せなことだったと思うんです」

よしのはまた、そこで咳込んだ。おたつは背中を撫でてやる。

よしのは口に手を当てて咳をしていたが、その掌に赤い血があるのをおたつは見た。

「大変だ、医者を呼んでもらわなくては……」

立ち上がろうとしたおたつの手を、よしのはぐっと押さえた。病人とは思えぬ力だったが、

「いいのです、そんなことを言ったら、もうここに置いてはもらえません」

苦笑した。そして、

「おたつさん、私の話、聞いてくれますか」

おたつの顔を見た。

おたつが膝を元に戻すと、よしのは話を続けた。

「私は、下野《しもつけ》の山間の貧しい小百姓の家に生まれました……本当の名はおたよといいます」

飢饉《ききん》があった年の暮れ、十五歳になっていたおたよは、女衒に連れられて、この

宿に来た。

それから七年、一年の女中働きを終えると、源氏名よしので、姉さんたちと同じように客を取るように言われた。

嫌な客に体を弄《もてあそ》ばれ、何度泣いたか知れない。それに、いつまでたっても借金が返せず、人生に失望していた。

清吉と会ったのは、そんな時だった。

清吉は自分の姉さんも女郎に売られ亡くなったとかで、よしのに優しくしてくれて、一緒に暮らしたいと思うようになった。

「姉さんが見ることの出来なかった夢を、おまえに見せてやりたい」

それが清吉の口癖だった。

だが清吉は、この宿に通っていることがバレて店を追われ、なけなしのお金まで盗まれたと聞いた。

それ以来三月ほど清吉には会っていないが、清吉と見た夢は忘れはしない。清吉とのことは、自分の思い出の中では、たったひとつの宝物だ。

よしのはそうおたつに告げると、

「清吉さんに伝えて下さい。私のことは、もう気にしないでと……」

おたつが頷いてやると、よしのはまもなく眠りに落ちた。

「女将さん、これでよしのさんの好きな物を食べさせてあげて下さい」

おたつは帰り際に、女将に一両の小判を渡した。

「まあ、これはこれは……」

現金な女将に見送られて、おたつは宿を後にした。

――女将は、よしのに砂糖水一杯もやらないだろう……。

あの一両は、自分の懐に入れるに違いない。そうは思ったが、よしののことを考えると、渡さずにはいられなかった。


「今日はなんだか大川が濁《にご》っているように思うね」

おたつは与七の店で、うなぎ飯を待つ間、まずは煙草を一服吸っているのだが、腰掛けに座ると大川はすぐそこに見える。

「そうかな、あっしの目には、昨日と変わったようには見えませんが……」

うなぎを焼きながら、与七は笑った。

うのだ。

与七は愛想も人も良い。うなぎも美味いから、近くを通るとつい立ち寄ってしまうのだ。

嫌なことがあっても、ここのうなぎを食べて、与七とたわいもないやりとりをすれば元気が出るから不思議だ。

「いや、やっぱり、どんよりしているように見えるよ」

おたつは言った。

川開きになってから、大川には絶えず遊覧の船が川を上り下りして賑やかだが、今のおたつの目には、それを見ていても心浮かれるものはない。

その光景は、たった今見てきた鷲尾屋の女たちの世界とはまるで違った光景だ。

あそこの女たちが、一生のうちに一度だけでも、なにもかも忘れて大川に船を浮かべ、会食を楽しみ、管弦に酔い、大はしゃぎをすることが出来るのだろうかと思わずにはいられない。

おたつ自身は、花岡藩に居る時に、正室千代《ちよ》の方様のお供をして奥の女中を引き連れ、屋形船を繰り出したことがある。

人はどのような暮らしをしていても苦労は絶えないものだが、あの女郎屋にいる女たちの悲惨さとは比べようもない。

「おたつさん、今日はなんだか沈んでいるね」

与七が出来上がったうなぎどんぶりを運んで来て、おたつの前に置いた。

「少しこんがり焼いておいたから、香ばしいと思うよ。気が晴れるから」

優しい与七の心遣いだ。

おたつは、ゆっくりと与七のうなぎを味わった。

与七は頃合いを見て、濃いお茶を出してくれた。

「ありがとう、美味しかったよ」

おたつは言った。

与七が言った通り、香ばしいうなぎを食べたら、心も少し晴れたようだ。

「おたつさん、お陰様でこの店もけっこう繁盛してね、この年の暮れにはすぐ近くに、小体《こてぃ》な店を構えようかと思っているんだ」

与七も自分のお茶を運んで来て座った。

「へえ、立派なことだね。お祝いしなくちゃ」

「ありがとうございやす」

「資金繰りに困ったら言っておくれ」

「へい、お気持ち、ありがたく頂戴しやす。しかしおたつさんの気っ風の良さに甘えちゃいけねえな」

与七は言った。

「そんなんじゃないよ、たいして貯めてる訳じゃあないけどね、真面目に頑張っている人には応援したくなってね」

今日もこの店に来る前に立ち寄った深川の女郎宿で、気の毒な女を目の当たりにしたのだと、与七に話した。むろん清吉とのかかわりの話はしていない。

「おたつさん、その女郎も力のつくものを食べれば、少しは元気になれるかもしれねえですぜ」

与七は言った。

「高麗《こうらい》人参でも飲めればね……」

おたつは、またあの女将の冷たい顔が浮かんで来た。お粥《かゆ》に卵ひとつ落とすこともしてくれないだろうと思った。

「おたつさん、なにも高麗人参でなくても、このウナギだって元気が出るんだぜ」

与七は言った。

「弱った体で食べられるかね」

おたつは訊く。

「大丈夫だ」

与七は胸を張って言った。自分が暮らす長屋に労咳になった親父がいたんだが、与七がうなぎを見舞いに持って行くと喜んで食べてくれた。

いっとき元気になったと家族の者が喜んでいたから、うなぎは労咳に良いのかもしれない。与七はそう言うのだった。

「じゃ、お願いしようかな」

おたつは鷲尾屋で臥せっている、よしのという女郎にうなぎ飯を届けてくれるよう頼んだ。

「分かりました、任せて下さい。その阿漕な女将に横取りされないよう、あっしが側に居て食べてもらうよ」

与七が言ったその時だった。

「ああ、やっぱりここに居たんですか」

帰ろうとして立ち上がったところに、弥之助がやって来た。

「おたつさん、清吉が大番屋に送られたらしいですぜ」

弥之助は息を切らしている。おたつを捜して走り回っていたようだ。

「どうしてそんな早く送られたんだろ、おかしいじゃないか」

「きっと仕置きに耐えられなくて、やってもいない罪を認めたんじゃないの。馬鹿な奴だよ、あいつは」

弥之助は歯ぎしりをする。

「それにしても酷いね。あの晩清吉さんが盗みに入っていたというのなら、盗んだ金を持っていた筈じゃないか」

おたつは怒りを覚えて言った。

八

その日の夕刻、おたつは岩五郎と弥之助と三人で、清吉が送られたという本材木《ほんざいもく》町《ちょう》にある大番屋に向かった。

清吉への面会を申し入れると、まもなく奥の牢屋《ろうや》から小者に連れられ、女の着物を引きずりながら出て来た。

顔の隅にはまだ白粉が残っていた。それより目に留まったのは、紫色に腫らした顔だった。

清吉は俯いたまま三人の前に座ると、ぺこりと頭を下げた。

「なんだなんだ、どうしてこんなところに送られることになったんだよ。おめえ、知ってるのか……ここに送られて来たということは、お前が罪を認めたか、それだけの証拠が挙がっているということだぜ。次は小伝馬町、そしてお仕置きだ！」

弥之助が苛立って言った。

清吉からは何も反応がない。

「聞いているのか、おい！」

弥之助が怒鳴った。岩五郎が弥之助の腕をつっつき、

「清吉さん、みんなお前さんのことを案じて来ているんだ。今弥之助さんが言ったこと、どうなんだ……お前さんはいたち小僧なのか？」

清吉の顔を覗く。

「いえ……」

清吉は首を横に振ると、

「あの岡っ引に言われたんです。罪を認めなきゃ、お前を匿っていた人に迷惑がかかるんだぜ。俺がそうだと言えば、長屋の者にもお前と同じ罪を着せられるんだ。俺は火盗《かとう》にいた御用聞きだぜ。そんじょそこらの、へなちょこの岡っ引とは訳が違うんだと……」

泣き出しそうな顔で訴える。

「なんて奴だ、悪党め！」

これには岩五郎が怒りを露わにした。

「すると、清吉さんは、いたち小僧だと白状したんだね」

おたつが念を押すと、清吉はこくりと頷いた。

「いやいや、だったら証拠はどうなんだよ。三十両だったたか、あの時いたち小僧は盗んでいるんだぜ。その金はどこにもないじゃないか。どういうことだよ」

弥之助が手を振りまわしながら、大番屋の小者たちにも聞こえるように声を上げる。

「それが……」

清吉は精根尽きた顔を上げると、

「あっしの長屋に隠してあったって、集金に使用する金袋をあっしの目の前に置いたんでさ。その金袋には馬喰町の池田屋の文字が入っていて、中には三十両入っていたんでさ」

消え入りそうな声で話す。

「おかしいな……」

岩五郎は首を捻《ひね》った。

「あまりにも出来すぎた話じゃないか。これには何か裏があるな。どうしても罪をお前さんに被ってもらわなきゃってことだな」

岩五郎は、もう一度首を傾げる。何か考えているようだったが、顔を上げておたつを見ると、

「しかしだな、本人が罪を認めた、証拠の金も出て来たでは、もう覆《くつがえ》すのは至難の業だ」

流石の岩五郎も途方に暮れて難しい顔で言う。

だが、おたつはきっと胸を張って言った。

「冗談じゃないよ。岩さんまで心細いことを言わないでおくれ。いいかい、ひとつだけ助かる道があるじゃないか」

「えっ」

弥之助が驚く。

「そうじゃないか」

おたつは岩五郎と弥之助にそう言うと、今度は清吉に向かって、

「清吉さん、お前さんは、あの晩いたち小僧に会っている。それは間違いないね」

念を押す。清吉は、こくりと頷く。

「その時、お互いにびっくりしながらも、お互いの顔を見ている」

「口から下は分からねえけど、目鼻は見えた」

「何か特徴があっただろう?」

清吉は考えていたが、目の怖い男だった、覚えているのはそれだけだと言う。

「そんなものは証拠とは言えねえな。目の怖い男はいくらでもいる」

岩五郎が言う。

するとおたつがいらいらして、

「特徴があるもの、ほくろとか、傷とか……臭いでもいい、着物の柄でもいい、お前さん、これを思い出せなかったら遠島か首が飛ぶか」

と言ったその時、清吉がはっとした顔をした。

「なんだい、何か思い出したんだね」

おたつが急かす。

「腕に蛇が……」

きっと空《くう》を見て清吉は呟く。

「腕に蛇だと……詳しく話してみろ」

岩五郎が促す。すると清吉は、顔を岩五郎に向けた。今恐怖のまっただ中の目をしている。その目で、岩五郎を見詰めて清吉は言った。

「あっしが馬喰町の池田屋の木戸の前で、いたち小僧と鉢合わせになった時、いたち小僧はあっしを刺し殺そうと匕首を引き抜いて腕を振り上げたんです。ですが捕り方の呼子笛が鳴って、あっしに匕首を振り下ろすのを止めたんですが、その時に、あっしはいたち小僧の二の腕の内側に蛇が巻き付いているのを見たんでさ」

岩五郎は頷いて、

「彫り物だな」

と迷わず言った。

おたつも弥之助も、小さく頷き、話の続きを清吉の顔に問う。

「それによく似たものを、あっしは岡っ引の捨蔵親分の二の腕に見たんです」

「何……まことか」

岩五郎が念を押す。清吉は興奮した目で頷いて、

「間違いありやせん。ここに蛇が……」

清吉は自分の二の腕を出し、内側を指で差した。

「よし、それが本当なら、お前さんの小伝馬町行きはない。いいか、このことは捨蔵には言わないことだ。言えばお前は、この大番屋に居るうちに消されるぞ」

清吉は、ぶるぶる震えだした。

「いったいどういうことなんだい」

弥之助が訊く。

「奴がいたち小僧だってことだ。自分の罪を清吉に押しつけてこの騒ぎを決着させ

ようとしているんだ」

岩五郎は険しい顔で立ち上がると、急いで出て行った。

「清吉さん、岩さんはただの居酒屋の親父さんではないんだ。きっとお前さんの無実を証明してくれる筈、希望を捨てるんじゃないよ」

おたつは励まし、よしのに会って来たことも伝えた。

「おたつさん、恩にきます」

少し照れた顔で清吉は頭を下げた。

「ただね、あんたが、こんなところにいるなんてことは話してないよ」

「へい、ありがとうございます」

「私はあんたから話を聞いた時、正直相手の人はお前さんのことをどう思っているのか心配だったんだ。だけど、よしのさんに会って話をして思ったんだよ。よしのさんのあんたへの想いは本物だってね」

清吉は、恥ずかしそうな顔で俯いた。

「よしのさんはこう言ったんだよ。これまで生きて来て幸せを感じたことはなかったけど、清吉さんとのことだけは自分の宝、それが唯一の幸せなんだって……」

「……」

清吉は、また泣きそうになる。

「泣くんじゃないよ!」

「だっておたつさん……」

「いいからお聞き、おまえさんのこと、そんなふうに言ってくれるのは、あのよしのさんしかいないんじゃないかね。だから、ここを出ることが出来たなら、しっかり働いて、一人前の男にならなきゃ」

よしのが重い病に冒されていなければ、迎えに行って所帯を持てなどと助言も出来るが、よしのの命は風前の灯火、清吉がこの大番屋を出ることが出来ても、一緒になれるとは思えない。

しかし今、よしのの病を正直に伝えれば、清吉は投げやりになって自分を罪人として貶れようとしている悪人の思う壺だ。清吉の嘘を責めたてて来たおたつだったが、ここは清吉に嘘をついてでも立ち直ってもらいたい。

「しっかりするんだよ」

おたつは言った。そして清吉の掌に、一分金、一朱金取り混ぜて握らせる。

その掌をじっと見詰る清吉に、

「食べたいものがあれば、小者に言えば買って来てくれるようだから……」

「ありがてえ……迷惑ばかりかけて……」

清吉は涙ぐむ。

「また……ったく……お前さんは泣き虫だったんだね。これから泣き虫清吉って呼ぶよ」

おたつは笑った。

「まあ、噂をすれば影とはこのことです。旦那様と先ほどあなたの噂をしていたところですよ」

玄関に現れた岩五郎を見て、深谷彦太郎《ひこたろう》の内儀野江は、嬉しそうな顔で迎えた。

深谷彦太郎は北町奉行所の定町廻り《じょうまちまわ》りの同心だった人だ。

岩五郎はこの深谷から十手を預かり、共に三十年間辛苦をなめてきた。

しかし深谷が病で役を解かれ、この時岩五郎も十手を返上したのであった。

深谷彦太郎と岩五郎の繋がりは、血を分けた兄弟のようなもの、時折見舞いに訪ねていたのだが、このところ吉次朗捜しを引き受けてから足が遠のいていた。

岩五郎は内儀に案内されて深谷が過ごす居間に入ると、

「具合はいかがでございますか？」

ご機嫌を伺った。

深谷は足を伸ばして膝をさすっていた。近頃は足腰にも支障が出ているようだ。

「相変わらずだ。もう治りそうもねえ」

深谷は弱音を吐いた。少し伝法な言葉を使う旦那だが、そこのところが親しみやすく、岩五郎の好きなところだ。

「きっと良くなりやすよ。その時には綾瀬《あやせ》の方に釣りに参りやしょう」

岩五郎は言った。

内儀がお茶と菓子を運んで来ると、

「首を長くして待っていたのですよ。どうぞ、ごゆっくりなさって下さいね」

亭主の深谷の前と、岩五郎の前に、茶と菓子を置いて引き揚げて行った。

その野江が部屋を出るのを見送ってから、深谷は苦笑して、

「野江もわしが毎日家の中にいると大変な様子だ。お前と約束した釣りが出来るよ

うに毎日歩く練習をしているのだが、医者は骨がずれているのではないかなどと無責任なことを言うのだ。まっ、もう一度釣りをやらないうちは死ねねえな」

膝を叩いた。

「死ぬなんてとんでもねえ。そんなことをおっしゃっては、辰之助《たつのすけ》様に叱られるのではありやせんか。お父上にまだ教わっておきたいことが山とある筈……」

辰之助というのは深谷の嫡男で、今は北町奉行所の同心として見習いをしているところだ。

「それだよ、岩五郎。いずれあいつも定町廻りとなって悪党探索に臨んでほしいと考えているのだが、まだまだひよっこだ。あいつを引っ張ってくれる者が必要だ、例えばお前のような……」

深谷は笑って岩五郎を見た。だがその目の色は本気だった。深谷はいざとなったら助太刀をしろと切り出しかねない。岩五郎に言うつもりかもしれない。

「いや、実は今日お訪ねしたのは他でもありません。ひとつ聞いていただきたいことがあって参りました。旦那は近頃世間を騒がせているいたち小僧の話を聞いていると存じますが……」

「うむ、知っている。倅からも聞いている。この体を恨んでいるところだ」

深谷は、膝を憎たらしそうに叩いた。

「いたち小僧が捕まったという話は？」

「いや、そんな話は……捕まったか？」

「いいえ、その話には多くの不審なことがございやして……」

岩五郎は、清吉の話を事細かに深谷に告げた。

「なんということだ。そんなことがまかり通っているのか」

深谷は怒りを露わにしている。

「それで、その火付盗賊改方の御用聞きをやっていたという捨蔵を調べ上げてみたいのです。どうせ御用聞きの前は、盗人押し込みなどをやっていた輩に違いないのですが、確かな証拠を摑まねば、清吉という男は小伝馬町に送られるのは必定」

「分かった」

最後まで話さないうちに、深谷は大きな声を上げた。

「倅は臨時廻りの見習いだ。おまえに十手を授けても何も問題はねえ。存分に調べるがいい」

「ありがとうございやす」

岩五郎は、ほっとした。

あの悪辣な捨蔵の息の根を止めるためには、十手を持っていなくては難しいこともある。

「この一件が解決しましたら、即刻返上いたしやす」

岩五郎がそう言った時、足音を立てて入って来た者がいる。

深谷の倅、辰之助だった。

「岩五郎、そのような薄情なことは言わず、私を助けてくれないか」

「これは辰之助さま、あっしなどもう老いぼれ」

「何を申すか、まだまだ十年は大丈夫だ。すぐにとは言わぬが、頼む」

辰之助が手を合わせたところで、三人は顔を見合わせて笑った。

九

岩五郎は早速探索に入った。

かねてより目をつけていた不忍池《しのばずのいけ》の側で、屋台を出している間八という男に会いに行った。

この男も火付盗賊改の手下をやっていた男だが、今は屋台で蕎麦と酒を出している。

「どうだい、商売の方は……」

岩五郎は酒を頼むと間八に話しかけた。

「この通りだ。桜の咲く頃にはお客も捌ききれねえ程あったのだが、近頃はぼつぼつだな」

間八は言って笑った。その口の中には歯がほとんど見えない。歳を訊いてみると、五十も半ばだという。

間八は岩五郎が歯のないのを気にしているのだと知り、

「よくお客に訊かれるんだ。その歯はどうしたんだとね。なにしろ若い頃には暴れ者だったし、つい最近まであぶねえ仕事をしていたからな。考えてみりゃあ、あっしの人生なんて、山と谷ばかりだったんだ。命があるだけでもありがてえ」

岩五郎は苦笑して、

「山ばかり、谷ばかりの人生は、お前さんだけじゃねえ……」

間八に酒を注いでやった。

「すまねえな」

間八は、嬉しそうに飲んだ。

「で、旦那は……今日ここに来なすったのは、あっしに何か御用でも？」

間八は、きらりと光る目で岩五郎を見た。

「いや、流石だ。お前さんは火盗の御用聞きをしていたと聞いている。実はあっしは……」

岩五郎は、懐に呑んでいた十手の先をちらりと見せた。

間八は顔色を変えた。

「あっしは何も、町方に追われるようなことはしていねえぜ。ご覧の通りの屋台の親父だ」

「いやいや、ひとつ教えてほしいことがあるんだ。お前さんが火盗にいた頃に捨蔵という男がいただろ」

何気なく話を出したが、間八は露骨にいやな顔をした。

「何を聞きたいか知らねえが、何もしゃべらねえぜ」

つっけんどんに言う。

「そうかい、それならそれでいいんだが、いたち小僧騒ぎで今捨蔵は北町から目をつけられているんだぜ」

「ちょっと待て、捨蔵は岡っ引な筈だぜ」

「その通り」

「岡っ引が盗賊だっていうのか」

間八は、にやりと笑う。

「言っておくが、お前さんが庇ったりすれば、お前さんも奴の仲間だと見られるが、それでもいいのかい？」

岩五郎も笑って返した。

二人は、ほんのいっとき、息にして二つ三つの間睨み合っていたが、

「ちっ」

間八は、いまいましげに舌打ちして、

「いったい、捨蔵の何が聞きてえんだ」

面倒くさそうに言った。

「なあに、火盗の御用聞きの前は何をしていたのかと思ってね」

間八は、ふっと笑ってから、

「分かって聞いているんだろ……だいたい火盗の御用聞きなんてものは、ろくな奴はいねえよ。火盗に一度は縄を掛けられたような人間が御用聞きになるんだ。罪を許すかわりに手足になって働けってことだから、あっしだってそうさ。捨蔵の奴も盗人あがりだ」

岩五郎は頷く。

「それに奴は身が軽かった。低い塀など難なく飛び越える」

「らしいな、いたち小僧も身が軽いらしい」

岩五郎は相槌《あいづち》を打ち、

「おめえさんとは仲間だったんだ。何か聞いているんじゃないのかね」

念を押すように間八を見た。

「いや、知らねえな。あっしはもう闇の世界を覗くのはこりごりだ。せっかく火盗で罪はつぐなったことになっているんだ。今は女房もいる。女房ったって夜鷹をしていた女だが、それでもようやく静かな暮らしを手にしたんだ。危ない橋は渡りたくねえ」

そこで言葉を切ったが、ふっと、

「だけども捨蔵は、あっしのような心境にはならねえだろうな。まだ若いし、女のために作った借金がある」

「そうか……借金があるのか」

岩五郎は聞き返す。

「女は元町《もとちょう》にいる。御用聞きをやっていた時から、金食い虫だとぼやいていたな」

「ありがとよ、また来させてもらうよ」

岩五郎は、奮発して金一朱を置いて立ち上がった。

間八は、手に取って一朱を確かめると、

「旦那とは馬が合いそうだ。旦那、捨蔵の住まいは、神田相生町《あいおいちょう》にあるようですぜ」

にやりと笑って言った。

岩五郎は次に、馬喰町の池田屋に向かった。

池田屋では手代一人が犠牲になっている。おそらく捨蔵は、池田屋がいたち小僧について何か手掛かりのようなものを得ているかどうか、そ知らぬ顔で確かめに出向いている筈だ。岩五郎はそこにも目をつけていた。

池田屋の店は商いを再開させていたが、まもなく陽が落ちる時刻とあって、店の中は少し慌ただしかった。

店の外の箱看板に火を点している手代に、岩五郎は十手を見せて、聞きたいことがあってやって来たのだと告げると、すぐに店の中に案内された。

店の上がり框に座って待っていると、まもなく主と番頭が出て来た。

「災難でしたな。手代が一人亡くなったと聞いている」

岩五郎が話を向けると、

「まだ納得がいきませんよ。手代は、逃げて行こうとする盗人ともみ合いになって、それで刺されたんです。まだ二十五歳でした、勇気のある正義感の強い男でした。将来は番頭にもなれる才覚もある男だったのに、いたち小僧に殺されてしまったんです」

番頭が口惜しそうに言う。すると主が、

「二、三日は息もあったのですが、出血多量で亡くなってしまいまして、私どもは、けっしてあの盗っ人を許しません」

岩五郎は頷いて、

「いたち小僧に盗られた金は三十両で間違いないですな」

二人の顔を見る。

「それが、三十両だと思っていたのですが、後で気づきました。いたち小僧が盗って行ったのは、切り餅二つと三十両……」

「するてえと、八十両？」

初耳の話だった。

「はい、切り餅の帯には、私どもの店の印が押してありまして」

岩五郎は頷きながら、その切り餅が見付かれば動かぬ証拠になると思った。

「しかしその話、役人にはしたんですな」

「いいえ」

二人は首を横に振ると、不満そうな顔をして、

「岡っ引の旦那は一度だけ話を聞きに来ましたが、それっきりです……それもしご

くおざなりのお調べでして……」

「その岡っ引の名前は？」

ひとつひとつ肝心なことを、岩五郎は訊いていく。

「捨蔵という怖い顔をした親分さんですよ」

「捨蔵？」

岩五郎は頷いた。

「でもね、それっきりなんです。いったい手代の敵《かたき》はとってくれるのかと不審に思っていましたら、昨日ですか、いたち小僧が捕まったというではありませんか」

岩五郎に、番頭はその噂が本当の話かどうか確かめる。

「いや、まだ捕まえた男がいたち小僧と決まった訳じゃねえんだ。あっしも少し不審に思うところがあって、捕まった男はいたち小僧じゃねえんじゃねえかと……それでこちらの店の者で、当夜、いたち小僧の何か特徴を、例えばほくろとか傷とか、いたち小僧が頰被りしていても気づいたお人がいるんじゃないかと思いましてね、それで話を聞きにきたんですが」

岩五郎がそういうと、二人は顔を見合わせ、

「実は、小僧の一人が、妙な話をするものですから、口止めしていたんですが……」

主はそう言うと、近くにいた手代に言った。

「豆吉《まめきち》を呼んできておくれ」

岩五郎は、出されていたお茶を一口飲んだ。新しい情報が得られるという心の高ぶりを感じていた。

間もなく、まだ十二歳か三歳か、あどけない顔をした小僧が、手代に連れられてやって来た。

「盗賊の何を見たのか、教えてくれないか」

岩五郎が訊くと、小僧は、

「あの盗賊は岡っ引です」

と言ったのだ。

岩五郎は頷いた。岡っ引とは捨蔵のことだ。胸のうちは早鐘が鳴っている。

捨蔵の悪を暴こうと始めた調べだが、こうもはっきりと実見した者がいたとは、思いも寄らないことだった。

捨蔵がこの店への調べをおざなりにしてきた理由も分かる。

「話してくれるね、見たことを」

岩五郎の言葉に、小僧はこくりと頷くと、

「盗賊と殺された手代さんがもみ合っていた時、おいら、盗賊の腕に、蛇の彫り物を見たんです」

岩五郎は大きく頷く。

「そしたら、それとよく似た彫り物を、ここに調べにやって来た親分さんの腕にもあるのを見ました」

岩五郎は小僧の手をぎゅっと握ると、

「ありがとよ、貴重な証言だ」

小僧を褒めてやった。そして、主と番頭には、

「必ず下手人はあげてみせます」

そう告げて岩五郎は池田屋の店を出た。

「清吉さんが小伝馬送りになったって？」

おたつは、驚いて弥之助に言った。

「あっしも驚いて大番屋に走って聞いてみたんだが、今日の八ツ過ぎに連行するとのことでした」

「清吉は、無実なのに……。馬鹿だねえ」

おたつは地団駄を踏む思いだった。

「実は、大番屋の小者の話では、あれから清吉は同心や与力の調べを受けたようです。清吉は一転して、無実を訴えたようなんですが、証拠もないのに世迷言を言うなとかえって反感を買ったようでして、こうなったら、いったん牢屋にぶち込んで、拷問でもして吐かせるしかねえ、そういうことになったらしいんです」

弥之助は怒りを吐き捨てるように言う。

「なんと理不尽な……岩さんからも何の連絡もなくてね、どうなっているのかとやきもきしていたところなんだよ」

諦めのため息も出るおたつだ。

「岩五郎さんは、深谷の旦那から十手を授かったと聞いていますぜ。きっと走り回って探索しているんだと思いやすが……」

弥之助は言う。

「どうしているんだろ、頼りにしていたのにさ……」

おたつは言ったが、弥之助に言っても答えが得られる筈もない。

清吉はきっと解き放されると信じていたおたつたちにとっては、小伝馬町に収監されるという話は衝撃だった。

おたつは清吉が解き放されたその時には、よしのにも会わせてやりたいと考えて、鷲尾屋に道喜を送り、よしのの診察をしてもらっていた。

道喜は、よしのの診察を終えて帰って来ると、

「おたつさん、あの娘はもういけないよ。ずいぶん悪くなるまでほったらかされていたようで、私の診立てでは、良くてあと一月……」

治療も施しようがないと報告してくれたのであった。

清吉がこのまま小伝馬町に送られれば、よしのの死に目には会えないだろうことは想像に難くない。

「弥之助さん、連行の時刻は八ツだったね」

おたつは念を押すと、風呂敷を広げて、一枚の男物の着物と下着一式を包んだ。

今度大番屋に行った時に渡してやろうと考えていた品だ。着物は古着屋で買って手直しした物だが、下着はおたつが縫っている。

おたつと弥之助は、大番屋を出る頃を見計らって本材木町に向かった。

ここの番屋は三四の番屋と呼ばれていて、本材木町の河岸地にあるが、大番屋を出ればすぐに大通りだ。

行き交う人は多く、小伝馬町送りは見世物同然、縄を付けられた者には見せしめとなる。

おたつと弥之助は、大番屋の玄関前に陣取った。

八ツの鐘が聞こえて来た。いよいよだと思って見ていると、大番屋の戸が開いて、今から外に出ようと清吉を土間に下ろしたところだった。

同心一人、小者二人、そして岡っ引の捨蔵の姿が見えた。

「お願いしたいことがございます」

おたつは数歩踏み出して、顔を出した同心の前に頭を下げた。

「なんだ、おまえさんは……」

同心は怪訝な顔だ。

「はい、私はその清吉さんの知り合いでございます。本日小伝馬町送りと聞きまして、これが会うのも最後かと参りました。そのみっともない格好では、どんなお沙汰を受けるにしても恥ずかしいことです。せめてちゃんとした姿でお牢に入ってほしい。母親が近くにいればそう思うのではないか……それで着替えを持参いたしました。どうかお聞き届け下さいませ」

おたつは、鼻をしゅんしゅんと大げさにかみ、袖で目頭を押さえる。

弥之助は心の中では、

――よくやるよ……。

と思っているが、一緒になって目頭を押さえている。

「おたつさん……」

清吉がまた泣いている。

「おたつさんまで泣かせてしまって、ごめんよ、おたつさん」

剝がれた化粧が、首までだらーっと落ちてくる。

「口をきくんじゃねえ！」

捨蔵が叱りつけるが、集まって来た野次馬は、

「可哀想じゃねえか、着替えぐらいさしてやれよ」

「なんだあの格好は……本当にいたち小僧か……田舎芝居の女の幽霊じゃねえか」

などなど役人に対して怒りを口にする。

「分かった、着替えろ」

ついに同心が許可をする。

捨蔵はいまいましげに、おたつから風呂敷包みを受け取ると、清吉に渡した。

一度戸が閉められて、再び清吉の姿が見えたが、清吉はおたつが持参した紺地に白い縞の入った着物に着替えていた。

「歩け！」

捨蔵にどんと強く背中を打たれて、清吉は手を後ろ手に縛られて連行されて行く。

だが、清吉連行の一行が河岸地を出て、大通りに差し掛かったその時、深谷辰之助と岩五郎が小走りにやって来た。

「待て待て、待ってくれ」

岩五郎は、一行の行く手を遮るように手を広げた。

「おたつさん、岩五郎さんだぜ」

弥之助が連行していく一行の先を指した。

「その者はいたち小僧などではない。小伝馬町の牢に送る必要はねえ」

岩五郎の声が響いた。

おたつと弥之助は、走って一行に近づいた。

何事が起こったのかと、野次馬たちも集まって来る。

捨蔵は、いきり立った顔で岩五郎を睨んで言った。

「退いてくれねえか、ご覧の通り小伝馬町に送るところだ」

「ふっ」

岩五郎は笑って、

「小伝馬町に行くのは、捨蔵、お前さんだ」

言い放った。

「な、何だと……」

捨蔵は一瞬ひるんだが、

「何を寝ぼけたことを言ってやがる！」

歯をむき出しにして言い返した。

すると、深谷辰之助が、ぐいと前に出て、

「われらは臨時廻りの者だが、お前の悪の証拠はいくつもある。捨蔵、言い逃れは出来ぬぞ」

まだ見習いだが、いざとなったら父に倣《なら》って堂々と言い放つ。

すると連行していた同心が近づいて、

「今の話、間違いはないのか」

岩五郎と辰之助に訊く。岩五郎はぐいと出て、

「間違いございません」

きっぱりと言い、捨蔵に向かって、

「恐れ入りましたと素直に膝をつくかと思ったら、小悪人は最後まで悪あがきするしかねえようだな。仕方がねえ。万人の前でお前がいたち小僧だという証拠を示してやろう」

岩五郎はそう言うと、後ろに向かって顎をしゃくった。

すると、小者が若い女を突き出して来た。

捨蔵の顔が一瞬にして青くなった。

「この女は捨蔵の囲い者だが、この女の家に、こういうものがあった」

岩五郎は、切り餅二つを同心に手渡した。

「その切り餅を封じた帯に、池田屋の印が押してある。その切り餅は、いたち小僧があの晩奪っていった切り餅だ」

「何……」

同心は、捨蔵を見た。

「冗談じゃねえ、旦那、こやつの言うことは真っ赤な嘘だ！」

岩五郎を十手で指した捨蔵に、岩五郎は飛びかかってその腕を捻り、右腕の袖を捲《めく》った。

捨蔵の二の腕内側を同心に、そして野次馬たちに見せて、岩五郎は言った。

「この彫り物を、池田屋の小僧は見ているのだ！」

すると、清吉が捨蔵を指して叫んだ。

「あっしも見ている。おまえが池田屋の裏木戸から出て来た時、あっしの口を塞ごうと匕首を振りかぶったが、その時見たぞ」

「旦那……」

岩五郎は同心に顔を向けると、

「この男は、懐に匕首を呑んでいる筈。その匕首で池田屋の手代を刺し殺したんだ。血糊は拭いてもくもりはとれねえ。ご覧になってみて下さい」

否も応も言わせない迫力で言う。

動転した同心は、岩五郎が押さえつけている捨蔵の懐に手を突っ込んで匕首を取り出した。

そして、その匕首を引き抜いて日の光に翳《かざ》す。同心は次第に怒りに震えて、

「捨蔵、いや、いたち小僧、神妙にしろ！」

震える声で捨蔵に言った。

おたつと弥之助が近づいて来た。

「お、おたつさん……」

清吉が感無量の顔で涙を目に一杯に溜めている。

「泣くより先に、岩五郎さんにお礼を言うんだ、しっかりおし！」

おたつは一喝して笑った。

十

清吉は無罪放免となった。

住まいの海辺大工町の長屋に戻ると、三日三晩、眠り通したようだ。

四日目になってようやく、おたつの家にやって来た。

清吉はおたつと約束していたのだ。

いたち小僧の嫌疑は晴れても、まだ大通りは歩けない。

以前向島の別邸で暮らす隠居の寝所から盗み出した三両を返金し、詫びを入れて許してもらわなければ、一歩も前には進めないのだと。

そこでこの日、清吉はおたつに同道してもらって、三両の金を返金することにしたのである。

もしも隠居が許してくれなければ、番屋に突き出されるという不安もあった。

だが、向島の別邸で暮らすほどの分限者《ぶげんしゃ》の隠居のこと、これまでの事情を告白したところ、

「よく改心したね、それは褒美《ほうび》としてお前さんにやるから、その代わり、それを元手に金を貯め、店を持つよう精進しなされ。いつかお前さんが店を持った時に、私も訪ねてみたいものだ」

隠居は許してくれた上に、激励してくれたのだった。

おたつは、清吉に言ってやった。

「清吉さん、いろいろと痛い目に遭って分かっただろ。人は正直に、こつこつ頑張るしかないんだから……遠回りのようだけど、それが成功する最短の道なんだから」

おたつの言葉を、清吉は真剣に聞いていた。

明日からは岩五郎の好意で、清吉は岩五郎の女房がやっている、おかめで働くことになっている。

「頑張りやす」

おたつに誓って清吉が長屋を出ようとしたその時、医者の道喜から使いが来た。

使いは鷲尾屋の下男だと名乗り、

「急ぎ鷲尾屋に来てほしいとおっしゃっておりやす。よしのが危篤なんでさ」

そう告げて帰って行った。

「おたつさん、どういうことだい……よしのが危篤……何の病なんでさ」

清吉は色を失っておたつに訊く。

「お前さんには話さなかったんだけどね。道々話すよ」

おたつは清吉と深川に向かった。

その道すがら、おたつはよしのと会った日のことから、病の話まで清吉に話してやった。

清吉は黙って聞いていた。

泣き虫の清吉が泣いて取り乱すことなく、おたつの話を聞いていた。

驚きが大きくて感情を調整出来なくなってしまったのかと思ったが、鷲尾屋に到着し、よしの臥せっている部屋に入っても、清吉は気丈な一面を見せた。

医師の道喜が、沈痛な顔で清吉に頷いてみせると、清吉は今や息も絶えようとしているよしのの手を取り、その耳元に、

「よしの、聞こえるかい……清吉だ」

しっかりした大きな声で呼びかけた。

するとよしのが、うっすり目を開けたではないか。

これには道喜も驚いたらしく、おたつと顔を見合わせた。

しかもよしのは、口を開いたのだ。

よしのの口元に耳を寄せた清吉に、

「お別れね、清吉さん……」

息も絶え絶えに言い、ぽろりと涙を落としたのだ。

「大丈夫だよ、よしの……」

清吉は、よしのの涙を指でいとおしそうに拭きながら、

「いつまでも一緒だ……どこまでも一緒だ……この世でもあの世でも、お前と一緒だ」

清吉は、よしのの耳元に囁《ささや》き続けた。

よしのは、うっすらと笑みを浮かべて、

「あたしは、し、しあわせ……」

手を伸ばして来た。

清吉はその手を、固く固く握りしめてやる。そして、じいっと優しい目で見詰め

ると、よしのが息を引き取るのを見届けたのだった。

おたつは、手を合わせた。冥福を祈りながら、泣き虫清吉がおしのを見送る言葉に胸を熱くしていた。

「よしのさんはずっと清吉さんの名を呼んでいた。ほっとして旅だったんじゃないかな」

道喜が言った。

すると清吉は手をついて言った。

「おたつさん、重ね重ねありがとうございやした。そして道喜先生にもお礼を申し上げます」

清吉は、自身に降りかかった苦難を乗り越えたことで、見違えるように変わったのだと、おたつは思った。

鷲尾屋の女将が、よしのが息を引き取ったと知り、慌てて部屋にやって来たが、

「よしのを引き取ってくれますか……それが出来ないのなら近くの寺に無縁仏として葬ることになっているんです」

血も涙もない言い方をした。

だがこの時も、清吉は冷静に振る舞ったのだ。

「そちらがよろしければ、あっしが引き取らせていただきやす」

すると女将は、にやりと笑って、

「引き取り賃を頂きたいんですがね、いえ、何、一両ばかりで結構ですよ。この部屋をお祓《はら》いしたいんです」

これにはおたつが、かちんときた。

「ちょいと、今なんて言ったんだい……お前さんは、よしのさんが病になってから、どれほどの看病をしてくれたんだい。粥ひとつも満足に食べさせずに死ぬのを早めたんだ。なんだったら訴えてやろうか……鷲尾屋は女郎が病気になると餓死させるんだってね。女郎だって人間だ、帳面上は奉公人の筈、年期だって決められていた筈だ、それを繰り返し借金させて宿に繋ぎ止めて働かせたんだ。女郎はそこらへんの石ころじゃないんだよ」

おたつの険しい言葉に、女将は言葉を失っていた。

清吉は、よしのをその日のうちに引き取って自分の長屋に運んだ。

そして翌日、おたつや弥之助、岩五郎などが集まって、よしのの葬儀を行った。

ささやかな葬儀だったが、よしのは清吉の妻として葬られたのだった。

おたつはようやく枕を高くして眠れるようになった。

清吉は今、岩五郎の店で板前として働いている。

そしてその岩五郎だが、深谷辰之助に懇願されて、御用をつとめることになり、十手も授かっている。

清吉が店に入ってくれたのは、岩五郎夫婦にとっては、丁度良かったのではないか。

あれこれ考えているうちに、おたつはうとうとして来た。

だがその時だった。どこかで妙な音がした。

おたつは、はっとして目を開けた。まさかまた清吉がやって来たのではあるまいなと思いながら、手燭を持って部屋を出た。

「多津様、九鬼でござる」

花岡藩の九鬼十兵衛の声だ。

「お待ちを……」

おたつは急いで土間に下りると、心張り棒を外し、九鬼を迎え入れた。

「夜分に申し訳ない」

九鬼は上がり框に座ると言った。

おたつは、燭台に蠟燭を点すと、火鉢に掛けてあった鉄瓶の湯で、お茶を淹れて九鬼に出した。

「かたじけない」

九鬼は、喉が渇いてましたと、嬉しそうに茶碗を取った。

燭台の火に映る九鬼の顔は日焼けして、いっそう逞しさが増したように思える。

九鬼はお茶を飲み終えると、

「ご報告は二つございます」

真顔になって、まずそう告げた。おたつが頷くと、

「ひとつは、殿の容体が良くありません」

深刻な顔で言った。

「お医者はなんと……」

「医者は原因が分からぬというばかりです」

「分からぬとは……道庵《どうあん》先生には診てもらったんですか」

花岡藩の奥医師の筆頭、道庵の名を出したが、九鬼は首を横に振って、

「その道庵先生が、心細いことを言うのです。もちろん、殿にそのような話はいたしておりません。殿は跡目のことを心配されておりまして、吉次朗様が戻るまで、なんとしても生きていなければなどと、弱気なことをおっしゃるのです。多津様にも会いたいようですから、一度上屋敷に戻っていただけませんか」

おたつの顔を見詰める。

「お屋敷に伺うのはよろしいのですが、その折には私の知っている医者を連れてまいりたいと思います。御家老に許可を頂いてほしいのですが……」

九鬼は分かりましたと頷いた。

「今ひとつのことは……」

おたつは緊張して尋ねた。この上良くない話は御免被りたいと思ったのだ。

「もうひとつの話は、吉次朗様のことです。多津様たちが飛脚を辿って大方の所を押さえてくれたお陰で、私たちも重点的に探索していたのですが、吉次朗様によく似た方を見かけたことがあるという者がおりまして」

「まことですか」

おたつは言った。九鬼は間違いないのだと応え、

「ご無事でいらっしゃるうちに、お身柄を保護しなければなりません。殿があのような状態では、吉次朗様のお命を狙う輩も、必死になって捜している筈です」

おたつは頷いた。そして言った。

「こちらも急ぎましょうぞ。九鬼殿も油断なさらぬよう頼みます」

九鬼は、それで帰って行った。

おたつは、燭台の火を見詰めながら、しばらくそこに座し、

——吉次朗様の居場所が敵に分かったその時が、相手との最後の勝負となるかもしれない……。

新たな覚悟を固めるのだった。

この作品は書き下ろしです。

## 幻冬舎時代小説文庫

●好評既刊
# 祈りの陰
義賊・神田小僧
小杉健治

鋳掛屋の巳之助は女の弱みを握って金を巻き上げている祈禱団の噂を耳にする。祈禱団には浪人の九郎兵衛も目を付けていた。二人が真相を探ると、勘定方の役人も絡む悪行が浮かび上がり……。

●好評既刊
# 梅雨葵
小烏神社奇譚
篠　綾子

ある朝、小烏神社の鳥居の下に蝶の骸が置かれていた。翌朝も蝶の骸があり、誰の仕業か見張ることに。そこに姿を現したのは、葵の花を手にした美しい娘だった。花に隠された想いとは。

●好評既刊
飛猿彦次人情噺
# 長屋の危機
鳥羽　亮

彦次の暮らす長屋に二人の男が越してきた。折しも長屋の斜向かいの空き家が取り壊されるという噂が。跡地はどうなる？　新たな住人と何か関わりが？　彦次の探索が思わぬ真相を炙りだす――。

●好評既刊
# 身代わり忠臣蔵
土橋章宏

浅野内匠頭が吉良上野介を襲い切腹。赤穂浪士らは復讐を誓う。しかし吉良が急死して、家臣らは亡き主人の弟を替え玉に。一方、赤穂の大石も実は討ち入りに後ろ向きで……。笑いと涙の忠臣蔵。

●好評既刊
江戸美人捕物帳
# 入舟長屋のおみわ
山本巧次

長屋の大家の娘・お美羽（みわ）は容姿端麗でしっかり者だが、勝ち気すぎる性格もあって独り身。ある日、小間物屋の悪い噂を聞き、恋心を寄せる浪人の山際と手を組んで真相を探っていく……。

# 幻冬舎文庫

●最新刊
## 猫は、うれしかったことしか覚えていない
石黒由紀子・文　ミロコマチコ・絵

「猫は、好きをおさえない」「猫は、引きずらない」「猫は、命いっぱい生きている」……迷ったり、軸がぶれたとき、自分の中にある答えを探るヒントを、猫たちが教えてくれるかもしれません。

●最新刊
## 男の不作法
内館牧子

知らず知らずのうちに、無礼を垂れ流していませんか？　「得意気に下ネタを言う」「上司には弱く部下には横柄」「忖度しすぎて自分の意見を言わない」。男性ならではの不作法を痛快に斬る。

●最新刊
## 女の不作法
内館牧子

よかれと思ってやったことで、他人を不愉快にしていませんか？　「食事会に飛び入りを連れていく」「聞く耳を持たずに話の腰を折る」「大変さをアピールする」。女の不作法の数々を痛快に斬る。

●最新刊
## グリーンピースの秘密
小川　糸

ベルリンで暮らし始めて一年。冬には家で味噌を仕込んで、春には青空市へお買い物。短い夏には遠出して、秋には家でケーキを焼いたり、縫い物をしたり。四季折々の日々を綴ったエッセイ。

●最新刊
## 四十歳、未婚出産
垣谷美雨

四十歳目前での思わぬ妊娠に揺れる優子。これが子供を産む最初で最後のチャンスだけど……。シングルマザーでやっていけるのか？　仕事は？　悩む優子に少しずつ味方が現れて……。痛快小説。

## 幻冬舎文庫

●最新刊
### オーストリア滞在記
中谷美紀

ドイツ人男性と結婚し、想像もしなかった田舎暮らしが始まった。朝は、掃除と洗濯。晴れた日には、スコップを握り庭造り。ドイツ語レッスンも欠かさない。女優・中谷美紀のかけがえのない日常。

●最新刊
### ののペディア 心の記憶
山口乃々華

2020年12月に解散したダンス&ボーカルグループE-girls。パフォーマーのひとりとして走り続けた日々から生まれた想い、発見、そして希望。心の声をリアルな言葉で綴った、初エッセイ。

●最新刊
### 猫には嫌なところがまったくない
山田かおり

黒猫CPと、クリームパンみたいな手を持つのりやすは、仲良くないのにいつも一緒。ピクニックのように幸福な日々は、ある日突然失われて――。猫と暮らす全ての人に贈る、ふわふわの記録。

●好評既刊
### コンサバター 幻の《ひまわり》は誰のもの
一色さゆり

美術修復士のスギモトの工房に、行方不明になっていたゴッホの十一枚目の《ひまわり》が持ち込まれる。スギモトはロンドン警視庁美術特捜班の刑事マクシミランと調査に乗り出すが――。

●好評既刊
### 聖者が街にやって来た
宇佐美まこと

人口が急増する街で花屋を営む桜子。十七歳の娘が市民結束のために企画されたミュージカルに出演することに。だが女性が殺される事件が発生。不穏な空気のなか、今度は娘が誘拐されて……。

秘《ひ》め事《ごと》おたつ三

# 青葉雨《あおばあめ》

藤原緋沙子《ふじわらひさこ》

令和3年2月5日　初版発行

発行人――石原正康
編集人――高部真人
発行所――株式会社幻冬舎
〒151-0051東京都渋谷区千駄ヶ谷4-9-7
電話　03(5411)6222(営業)
　　　03(5411)6211(編集)
振替00120-8-767643
印刷・製本―図書印刷株式会社
装丁者――高橋雅之



幻冬舎時代小説文庫

ISBN978-4-344-43066-2　C0193　ふ-33-3

幻冬舎ホームページアドレス　https://www.gentosha.co.jp/
この本に関するご意見・ご感想をメールでお寄せいただく場合は、
comment@gentosha.co.jpまで。